狼桥

李德禄 著

天津出版传媒集团

百花文艺出版社

图书在版编目（CIP）数据

狼桥 / 李德禄著 . -- 天津 ： 百花文艺出版社，
2024. 9. -- ISBN 978-7-5306-8940-0

Ⅰ. Ⅰ247.5

中国国家版本馆 CIP 数据核字第 2024Q6H387 号

狼桥

LANG QIAO

李德禄　著

出　版　人 : 薛印胜

责任编辑 : 李　爽

装帧设计 : 吴梦涵

出版发行 : 百花文艺出版社

地址 : 天津市和平区西康路 35 号　　邮编 : 300051

电话传真 : +86-22-23332651（发行部）

　　　　　+86-22-23332656（总编室）

　　　　　+86-22-23332478（邮购部）

网址 : http://www.baihuawenyi.com

印刷 : 三河市华东印刷有限公司

开本 : 880 毫米×1230 毫米　1/32

字数 : 121 千字

印张 : 6.125

版次 : 2024 年 9 月第 1 版

印次 : 2024 年 9 月第 1 次印刷

定价 : 45.00 元

目 录

CONTENTS

第一章　皮皮

一、晨游

晨风吹拂，像一口连一口的清新空气在呼吸。

"狼！狼呀——"惊天一声尖叫。

晨练的乐园里，人群顿时惊恐万状，这一刻，我真正见识了什么是目瞪口呆。我听见，五颜六色的大妈们喊："狼？狼咋跑……跑广场上来了？快，打呀，打死它！"

似有咚咚的瘫倒声。欢快的《小苹果》戛然而止。

皮皮愣在广场上，不明白发生了什么，倒像个做错了事的孩子，一个劲儿地往我身后躲。泡泡不知天高地厚，观景仗势，拼命地狂跳乱叫。

惹众怒了。我一激灵，喊叫着突围。

朦朦胧胧中，"嘟、嘟、嘟"，悠长的江轮汽笛声，夹杂着武汉长江大桥上"哐当哐当"绵延不断的火车轰鸣声，把我从锦绣长江召唤出来。我推着车子，带着泡泡和皮皮，沿江滩而去，嘴里兴奋地喊道：

白皮皮，红皮皮，红皮皮，白皮皮；
像狗像貂像狐狸，不叼猪，不偷鸡；
眼珠亮，耳朵尖，满山野，满世逛；
握手作揖好灵气，唱歌跳舞好稀奇。
…………

很久没来逛过南岸嘴，自从上了小学，就把这中国的"德国角"抛到了脑后。过去的稀毛树，像我们毛头小子一样，悄悄地长高长壮实了，枝枝丫丫在晨风中伸胳膊展腿，你一拳我一脚地打闹。鲜花绿草像校园里的小丫头，三三两两挽臂牵手，窃窃私语，传说着鸟与林的秘密。蹦蹦跳跳的小鸟，旁若无人地各自纵情鸣叫，像多年级儿童的多声部大合唱，生生地盖过了我呐喊的声音。

穿过密林，彩虹桥上蚂蚁一样的车轮，在我头顶缓缓蠕动，爬得我浑身痒得难受，真想跳到江里，痛痛快快地洗个澡。可我不敢，我看见，龙王庙有两条巨大的蛟龙，一黄一青，时喜时怒，时快时慢地缠绕在一起。我知道，那是长江和汉江在这里紧紧拥抱，它们冲破距离的阻隔，和时间、空间的阻挠，来此相知相会，目空一切地交融言欢。我在心里咯噔着，这是什么魔力呢，是大自然灵与肉的生命图腾吗？

汉江里人潮涌动，起起伏伏的头颅和胳膊，推波逐浪，花花绿绿的救生圈追着波浪跳跃，号子、唱歌和吸气吐水的声音，隐隐约约从江心传到江岸。岸边浅水处，与爱狗戏水的人们，抓着橡皮球和塑料环，反反复复地甩来抛去。沉浸在这幅人和动物的戏水图里，使我不由得想到了东坡老先生的名篇，赤壁之游乐乎？

"哎呀妈呀。"我身边的大婶发现新大陆似的，突然哎哟一声，指着江水说："那里，刚才有个人，不见了，好久没露影子……"

众人议论："哪儿？漩涡那边吗？""好像是的，四五个呢，都游前面去了，剩下一个光头，拉水里好长时间了，哎呀，他没带救生圈。"他们一起跟着大婶喊："出事了，要出人命了！"

我迟疑了一下，搜寻着，印象中是有个人影，在漩涡边不见了。我手一指，喊道："皮皮，冲——去捞人，快！"

皮皮一阵旋风，卷进了滚滚江水，我和泡泡跟着追到了江水边。眨眼工夫，皮皮锁定了目标，撕扯着目标向岸边挣扎。一颗亮光光的大头冒出水面，口里跟着喷出一根长长的水柱，喘着粗气，怒吼："找死呀，谁家的狗！"

"死？就是怕你被淹死了。狗救了你一命呢，还凶，真不知好歹……"

"救我？我是长江救援队队员，救别人的。被一只狗来救我，传出去简直天大的笑话，再发上了网络，叫我这脸往哪儿搁？"

"那你同伴都游走了，你咋在水里半天不见起来呀？腿抽筋了？"

光头一脸无奈："抽啥筋呀。大伯大妈哎，有劳你们好心了。我在练冲浪抢浪，浪中潜水憋气，晓得不？过些日子，我要参加6.19国际渡江节。"

"哈哈，对不起，耽误你练功了。国际大赛呀，一展风采哟。"大伯大妈们说着笑着，"好好练，小伙子，我们电视上见。"

我看着泡泡、皮皮，又看看光头，笑得直不起腰。笑够了，不好意思地打趣说："皮皮，我们这是龙王庙里救龙王，也叫狗拿耗子，操错了心。泡泡，你们两个，快给这位大哥哥道歉，作个揖，摇个尾巴。"

"我是游泳健将，不是耗子……"

我和皮皮、泡泡跑出了好远，身后还有光头的声音："我是游泳健将。"

这声音一直跟到了古琴台，才被高山流水的曲子所代替，我们绕琴台大剧院和琴台音乐厅跑了一圈。

硕大的琴台广场，能容纳好几千人，真是居民晨练的好地方。月湖里的荷花和湖岸上的桂花静静飘香，广场上熙熙攘攘，各式各样的练家子乐在其中。

泡泡一身雪白，掬态奇萌，皮皮形态奇特，眼神奇异，格外吸人眼球，它们在广场上优哉游哉地穿来穿去，很快就成了焦点，受到热捧。

"喂，小朋友，能和它们合张影吗？"我身前身后围满了人。

"可以，泡泡就爱合影，别提多会配合了。"泡泡听见我在夸它，立马笔直笔直地站立起来，两只前爪礼貌地抱在胸前，笑容可掬地等待出镜。

"小帅哥，握个手吧，来，握手手。"

泡泡昂着头，抬起右腿，长长地伸到客人手边。握罢右手又赶忙抬起左腿，身子一侧，摇晃了两下，它立马屁股撑着地，扬着左前爪，与眼前纤细的手掌合在一处，握得有模有样，落落大方。

"快看呐，这哪儿像狗啊？是狐狸吧。"皮皮不知何时跑进了陀螺方阵，叼着陀螺玩起了捉迷藏，在叭叭的鞭声中，左右躲闪，跳上跳下。

"啥狐狸呀？这分明是貂！貂跟狐狸都分不清呀。"

"貂不怕人吗？咋跑广场上来了，这是公园呀。"

"公园就只许你来呀。前些时，网络上讲，上海几百个小区都有貂居住在那里，还是网红呢。"

"照你这样说，是不稀奇，那武大校园里还有狐狸呢，我姑娘她们同学都亲眼见过，报纸上有照片，白狐狸。狐狸能跑武大陪学生，就不能来琴台陪我们乐呵乐呵？"

众人围着皮皮，就狐狸和貂争论得不可开交。皮皮若无其事地望着，一副无动于衷的样子。

"让一让，诸位，请让让，我们是武汉电视台《昨夜今辰》栏目的记者，要对这只英雄狗进行专访。"

"狗？英雄！"

"你们不知道吧，这只狗刚刚在江边为救一名长江救援队员，创造了一段佳话，我们姑且称它英雄狗吧。"

一名男记者架起了摄像机，女记者扬了扬采访话筒，准备直播。这时，人群中一位挂着长枪短炮的摄影爱好者，挤到了皮皮近前，乐呵呵地，嘴里"好好好"地叫着，手上咔咔咔连连直闪。皮皮受到了惊吓，四肢不停地撑地，耳朵直直地竖了起来。

嗷的一声号叫，同时，两道绿莹莹的光，穿透广场上的晨雾。

广场上的空气瞬时凝固了，人们怔怔地僵了好几秒钟，突然，爆发出一串可怕的声音来："狼！打！打死它。"

愤怒的人群围过来了，皮鞭扬起来了，刀剑队冲上来了。

…………

我又一激灵，想跑，两腿却死死地动弹不得。这时，我听见有人喊："乔桥，自行车。皮皮、泡泡，快逃！"

　　自行车前筐躺着泡泡，后架驮着皮皮，我弓着腰，死命蹬着自行车，沿汉江仓皇逃去，把追赶的人们，和喊打的叫嚣声甩在了身后。

　　不知过了多久，远离了城市，跑出了汉江，我隐隐听到了山乡溪水的潺潺声，抬头一看，眼前立着一个简易门牌：小雷湾。

　　我高兴极了，和皮皮、泡泡又跳又叫：小雷湾，我来了——我们来了——和狼——

　　胸口憋得喘不过气来。我四肢猛一弹撑，"咚！"一声闷响，石雕皮皮，从我胸口滚落到床下。

　　嘿，梦游。我得再补睡一觉。

二、叽嚓

　　我翻身捡起掉在地上的石雕，泡泡新奇地打量了几眼，然后，嗖地跳上书桌，叼起上面的木雕，噌地一下蹦到被子中央。两个雕像并排卧在我眼前，泡泡高兴地围着它们，嗅来嗅去，床上床下跳个不停。

　　泡泡知道，这神秘雕像来之不易，它是一个陌生的朋友送给我的特殊礼物，所以格外起劲地逗我开心。

　　两个雕像来自千里之外，雕刻它们的石头和木头，同属于号称千里房县的小雷湾，它们的主人叫雷河狼。虽然我们远隔千山万水，从未谋面，但我隐约感到，河狼仿佛就在身边。我断定，随着时间的推移，我和他彼此定会产生千丝万缕的联系，兴许会有讲不完的故事。

　　说起来，我和雷河狼之所以发生联系，纯属偶然，甚至有些传奇色彩。

那是在汉阳星空大楼，青少年活动中心的六楼，一位银发老人给我们参加拍摄网络电影的同学们讲课："同学们，我今天给大家讲生态故事，大家是想听动植物的，还是喜欢有关江湖山水的？"

"志愿，志愿，萤火虫之恋！"机器人"阳小益"走出电梯，举起双臂呼喊。

银发老人说："同学们没举手，机器人说了算。那我就讲一个寻找萤火虫的故事吧，这是一件真事。几年前，我们三中有个叫汪霞的同学过生日，参加聚会的同学突发奇想，打算捉些萤火虫，在吹熄蜡烛时放出来，用一闪一闪的萤火亮光，去照亮愿景，祈福实现梦想。汪霞同学的愿景是考上北大，可家里父母一残一病，希望渺茫，大家为了帮她实现愿景，一起分头寻找萤火虫，找啊找，跑遍了大街小巷都没找到，就在大家垂头丧气放弃希望时，突然发现凤凰山的树林里，有星星的眼睛，一眨一眨，萤火虫！原来萤火虫都跑到乡下，躲到树林里去了。大家追呀追，终于追到了……江霞后来如愿以偿，考上了北大生命系。"

"由此，关工委发起了一个'萤火虫计划'。大家看，那一面墙，都是历年来的助学表。"

导演不失时机地喊道："陈乔桥，乔桥，看墙上。摄像，聚焦聚焦，定格。面部表情，特写。"

"表情，表情，要投入。乔桥你是主角，不要走神。"

"你在看什么？乔桥，看老师，看墙……停！"导演终于发怒了。

因为我，拍摄不得不暂停下来。

雷河狼。我被萤火虫工程栏里不起眼的这三个字吸引住了目光，觉得这名字好逗，偷偷一乐，差点笑出声来。心里琢磨，这家大人咋想的，真想得出来，狼，还是河狼。如果把"河狼"两个字作为笔名或者网名，倒是很博人眼球，说不定能产生网红效应。

想着想着，"雷河狼"三个字后面的几组文字，像跳动的磁波，闪击着我——残疾，半边户，贫困，高海拔山区；房县，小雷湾……

不知何故，那一刻，我好像突然魔怔了似的，愣愣地呆在那里。眼球被吸引住了，身体被吸引住了，心也被吸引住了……能为他做点什么呢？我琢磨着。

必须做点什么，必须的。一股莫名的冲动怂恿着我，也困扰着我，害得我没少被导演呵斥，差点中途换将。

回到家，我翻箱倒柜，却不知什么对河狼最紧要，吃的？穿的？学习用的？当我发现珍藏的压岁钱盒子时，眼睛顿时一亮，不，是心里一阵狂喜。我迫不及待地打开它，数了数，三千多呢，我决定全部寄给河狼，偷偷地，不告诉任何人。

钱寄走了，我的心也悬了起来，他那么偏远，能不能收到呢？该不会打水漂吧。我忐忑不安，纠结得不行，虽说那不是我的血汗钱，可也是我难得的礼物。我盼着他来信，可不知为什么，又害怕来信。

过了好久，突然有一天，关工委的领导来到学校，带着感谢信，要求学校表扬乔木。感谢信上介绍了乔木默默无闻地援助山里贫困学生，为萤火虫工程争光的事迹。

"可我们学校没有叫乔木的这个人呀，学校也收到过信，还以为是搞错了呢，也怀疑是恶作剧，就没在意。"校长有些激动，还有些尴尬。

学校的广播里播出了寻人启事。一时间，全校都在传问，谁是乔木？有人开玩笑说，该不会是胡乔木吧，关心下一代，那是老一辈革命家拥有的胸怀……

"陈乔桥同学，校长叫你到他办公室去一下。"

我有些紧张，犹犹豫豫地走进校长办公室，校长把雷河狼写给学校、关工委和乔木的三封信，推到我的眼前，说："好样的，陈乔桥同学。哦，不，乔木同学……"

我挠腮，心里虽然兴奋但脸上都没表露出来，想说又没说出口，校长就说："咋？得奖励了，还难为情。小子，你长大了。"

"不是的，爸，你不晓得，雷河狼要感谢，说给我寄野味来。"我终于憋不住了。

"野味，啥野味？那可不行哦！野生动物受法律保护，乱猎，乱吃，都违法。"

"那咋办呢？真是的，做好事还做出麻烦来了。"

"不是麻烦，是人家懂事理，有一颗重情重义的平凡心。你可不能怠慢，立马，快信一封，婉言谢绝了，既减轻别人的负担，又加深友谊。"

快信刚刚寄出，想不到雷河狼的礼物已经来了，整整两大纸箱。我摸着箱子，感到里面不是礼物，而是烫手的山芋。河狼呀，你可别违法，让我跟着受牵连啊。

望着礼物，就像望着定时炸弹，束手无策，我被煎熬得坐立不安。耳朵被揪红了，双手搓麻了，腿也走酸了。

爸爸下班回家，指着箱子说："打开，看看是啥？心里有个数，我们再做打算。"

箱子里附着一封信。

乔木：

    我们互不相识，你的礼物太贵重了，弄得我们全家人心里"叽喳"了好几天。我不晓得怎么称呼你，写的信一直未见你回，请接受我衷心的谢意吧。我从你的名字中受到启发，就在山里乔木上打主意，弄了点"叽喳"，也不晓得你喜不喜欢。前年，有几个城里人，到这里待了一个多月，弄了好些"叭嚓"回去，说是好吃得很，是大馆子里的抢手货。我把他们的制作方法留下来了，附在后面，便于你们操作，要是不对胃口，那是我的错……

"叭嚓，从没听说过叫叭嚓的动物。"我打开箱子里的大袋子，从里面把"叭嚓"倒出来，听到吱吱地响，用手一摸又干又脆，模样跟路边树上的知了差不多，这不就是知了吗？我连忙打开手机，百度上一查，果然是知了，也叫叽叉、爬蚱、爬蝉和爬拉猴。唯独没有写叭嚓，我心里哭笑不得，你这个叭嚓哟，吓我一跳。

河狼还说，除了"叭嚓"，还弄了点"胖墩"，吃了胖墩抽条，长大个子，壮实，胖墩墩的，力气足，有精神。

"胖墩，你真不知道我们城里胖小子多呀，瘦还瘦不下来呢。"我又打开另一个袋子，倒出叫"胖墩"的礼物，心里一乐：这么瘦，还胖墩，跟叭嚓不能比，小得可怜啰。

爸爸说："小吧，它们住的房子也就汤锅大，里面挤着成百上千号呢。猜猜，这是啥？"

"像蚕宝宝。"

"不对，是蜂蛹，营养价值特高。今晚上你有口福了。"

油炸叭嚓，红烧胖墩，爸爸的厨艺，让我美美地饱餐了一顿。吃完晚饭，我和爸爸沿江滩跑步，一是帮助消化，二是求爸爸救援。

"我想换台电子平板，把这台旧的转赠给河狼，他们大山的孩子见世面少，可能更需要通过这些来获取外界信息。"

爸爸望着我，想了想说："送，换啥？要送就赠送台新的。他们也需要了解新科技，了解新知识。"

我把崭新的电子平板，连同我参加拍摄的网络电影《萤火虫之恋》，一同寄给了河狼。我想，这回叭嚓我算没白"叭嚓"，河狼收到新的礼物一定会高兴极了，又会迫不及待地给我回信，该不会再弄什么新鲜东西来吧。

可是，我错了。过了很久很久，雷河狼像是消失了，一点动静都没有，我有些郁闷，甚至都后悔了，怀疑这是不是个骗局，真上当了。

又过了很久，我几乎把河狼要忘记了，却意想不到地收到了一封信，加一个包裹，是从小雷湾寄来的。谢天谢地，河狼啊，你终于又出现了，我差点把你归类为狼子野心。河狼啊，你知道吗，我几乎为险恶的人设，快要崩溃了。

我展开信：

乔木，你好！我总算晓得远方的朋友，你

的真名实姓了，陈乔桥。为了一个素不相识的山里娃子，你费尽了心思，我明白，你是不愿让人知道，可你不应该瞒着我呀。你的善意，令我们全家感动，无以为报，你本来就没想图报，要不然，也不会隐姓埋名了。你的礼物太珍贵太神奇了，我叭嚓得差点飞起来。我用你的电子平板，看了你演的网络电影。电影中，为了寻找萤火虫，你们一直追到乡下，台词是生态原生态，欢迎你到我们这里来吧，我陪你一起原生态，看萤火虫，比天上的星星都多。萤火虫算啥呀，好些野生动物，连狼都跟我们亲热着呢。来不了也没关系，我先寄两只皮皮给你，一只是爷爷雕的，另一只是我爹雕的。你要来了，我叫爷爷给你讲皮皮的故事，保准叫你叭嚓得不行，可有意思了……

三、小可怜

　　我猜想，他们为什么要送我皮皮雕像呢？难道说，皮皮的经历特殊？它的身上藏着什么秘密？我深信，皮皮绝对不会只是一个简单的玩具礼物，也许，它就是一个传奇。

　　皮皮成了我的爱宠。学习时，我把它们放在桌子上，夜晚睡觉，它们一边一个卧在枕边，我甚至把它们当成了朋友，虽然不会说话，可我觉得它们肯定装了满肚子话。

　　两只皮皮雕得同样精致，活灵活现，似像非像，似乎随时要跳起来与我玩耍。我想，雷河狼的爹和爷爷，一定都是了不得的工匠，甚至可能是非物质文化遗产的匠人。尤其是皮皮肚子上的字，那么小，是怎么刻上去的呢？

　　白皮皮，红皮皮，像狗像貂像狐狸……

雷河狼有了电子平板，我们联系起来方便多了。我把皮皮、泡泡和我的生活，拍成照片转发过去，我想以我对皮皮的喜爱，去打动河狼，让他自己把秘密说出来。

"乔桥，看来你一时半会儿真来不了，可你又那么喜欢皮皮，我都不忍心不给你说了。我说了，你得空可得来啊。牵手许愿，松手兑现，谁变了谁是鸟蛋。"

呵呵，我的小计谋得逞了。河狼，说吧，我等着呢。

"皮皮的身世真可怜，它是在一场大劫难中来到我们家的。那时还没有我，我爹也还是个孩子。"雷河狼像是在面对面地说给我听。

很多年前的一个春天，后坡狼山上发生了一场火灾，大火烧红了半边天，滚滚浓烟卷得天昏地暗。

没等火熄烟尽，村里人一窝蜂往山上跑。那时节村里正闹饥荒，家家揭不开锅，就把山火当成了救命稻草，跳动的火星和冒着余温的灰堆，成了他们眼中的希望和追踪的目标。个个争先恐后地寻找，生怕别人抢了便宜，哪怕一只小山雀子，一坨小动物疙瘩，都稀罕得要命。

"哦呵，哦呵，有没有点啥呀？"我爷爷哟呵哟呵地出现在山脚下。

"斧头，你以为是木头呀，等着你。这会儿呀，只怕你连毛都见不着，也是的，毛都烧焦了，你见啥？"

人们陆陆续续下山，肩上扛着，手里提着，嘴里说着笑着。

我爷爷满山扒拉了一天，就见到两只烧死的斑鸠，连只稍大点的兔子都没找到。他不死心，就一直往各个山顶找，专钻石头缝和大树洞。

说来也巧，在猪狼泉口，我爷爷摔了一跤，三滚四滑，掉到了岩石壳下。石壳边有一个小水凼，一大坨黑乎乎的东西横在水凼子边上。我爷爷连滚带爬地奔过去，"嘿，这个小家伙，也算够大，起码比十几个斑鸠大吧。功夫不负有心人，知足吧，人心不足蛇吞象。"

我爷爷嘴里念叨着，抱起小家伙就往山下跑，跑着跑着又摔了一跤，隐约听到有什么东西"哼"了一声，再听却没了，以为又有烧伤的小动物等着自己去捉，但仔细搜寻了两遍，什么踪迹都没发现，也再没听见声音，嘴里骂了一句："人心不足，哪有那么多好事哦。"

运气不错。山过火，人过脚，临了还有你这个小家伙。我爷爷得意地往怀里拍了一巴掌，突然感觉不对，小家伙烫手的热，好像还动了两下。爷爷拿眼睛盯着这烧焦了毛，不晓得是啥东西，问道："你没死尽呀，还有一口气？你是个啥？香獐子吗？香獐命大。"

小家伙在爷爷手上又动了两下，鼻孔里传出一丝"哼"的声音。我爷爷有些心疼起这个小生命来，说："你爹妈呢？它们逃难跑了，甩下你不管了？真是个小可怜。"

一家人站在门前，看见爷爷怀里抱着东西，一拥而上，眼里笑开了花。

"两只斑鸠，多弄些菜煮汤。这像只小獐子，没死尽，去，端个盆子来。"爷爷对奶奶和大伯说。

"来了，来了。盆子，刀子。"大伯殷勤地把木盆递到爷爷手上，盆子里放着一把锋利的菜刀。

爷爷接过木盆，把菜刀丢在一边，随手扯过几块破布，平平整整地垫进去，然后，轻轻地把小东西放在盆子里的布垫上。

大伯惊奇地望着爷爷："不剥啊？早晚死了都得剥，乘热剥也麻利，香獐肉多香啊。"

"不是还没死尽嘛，万一活过来呢。"爷爷瞪了大伯一眼，吼道，"你就晓得吃，馋肉香。它要能挺住了，要是能产麝香，不晓得比肉要金贵成啥样哦。"

奶奶急忙插话："那是，要真是麝香，我们家可有指望了，那是八辈子修来的福。"

爷爷用薄荷叶、艾蒿叶和干草药煮了一锅水，拿块麻布，一点点把小獐子全身擦洗了一遍，又出门扯了几把青草药，慢慢嚼碎，贴在它水泡和皮肉稀烂的地方。又让奶奶煮了一碗苞谷米汤，掰开香獐嘴，一口一口喂了进去。然后，爷爷望着木盆里草药包裹着的香獐说："小伙计，有心尽力，只怕无力回天啰，看看你烧成啥样子，都成焦炭了，全身没一块好皮，成不成就看你的造化了。"

过了两顿饭的工夫，奇迹出现了，小香獐微微睁了睁眼。我爹一直守在木盆旁边，看到小獐子眼动了，喊叫着跑进屋："活了，睁眼了。"奶奶慌神地跑着说着："刚敷药，多大一会儿呀，我还在求菩萨保佑呢，这就显灵了？"爷爷伸手摸摸小獐子鼻孔，进气出气喘息均匀多了，既高兴又惋惜地说："你有救了，我们可没口福了哟。"大伯垂眼看着，气鼓鼓地嘟囔："死都死了，救屁救。它的命能比人金贵？"

"哎呀，斧头，大老远都闻到你家的肉香。上山晚，还有漏捡，真有你的。"

"啥肉香，明明是烧焦的皮臭味，这还闻不出来。"我爹小声嘟囔。

村里人听说我爷捡回一只小獐子，不煮了吃，还救活了，要精贵地养着，都跑上门来劝阻："斧头，斧头媳妇，人比动物金贵，人没命了，要香獐有什么用？麝香再贵，有人的命贵呀？再说，烧得煳不拉叽的，谁晓得是不是香獐，要是狼呢？"

爷爷明白大伙儿也想喝口汤，肚子里没油没货。奶奶搬出凳子叫大伙儿坐下，爷爷点燃旱烟，赔着笑脸，有一搭没一搭地说："这小獐子大难没死，命不该绝。它碰上这大劫难，撞到我面前了，我能眼睁睁瞅着，狠下心去伤害它？我真做不来，好歹是条命呐，在它落难时下手，不成趁火打劫了。你们说，要是有人遇上灾了难了，求到我跟前，我能见死不救吗？再说了，啥人呐兽哇，灾难都是一样的，这山上要是树都没了，鸟哇兽哇也全都没了，我们人还能活吗，活得好吗？"

晚上，喝了一肚子菜糊糊，大伯一会儿出去一趟，隔不一会儿又出去一趟。夜深人静，"吱呀"一声，"吱呀"一声，吵得我爹睡不着觉，就问，"哥你咋了，拉稀？""拉个屁稀，有事，睡不着。""有事，啥事？"大伯就问："你想吃肉吧。"我爹瞪圆了眼睛。"想，哪有肉吃。""想吃肉就跟我来，莫出声，悄悄的。"我爹跟着大伯，蹑手蹑脚地出门，远远地有个人影，近前一看，是隔壁金狗子，提着木桶。大伯问："准备好没？"金狗子咮咮笑："半桶水，两大把辣椒面，够了。等着吃肉吧，明中午，可要记得给我一份。"

月亮照在猪圈的窝棚里，木盆里的小香獐像睡熟的婴儿，一动不动。我爹眼看大伯和金狗子走到木盆旁边，金狗子用手在木桶里搅了搅，用葫芦瓢，一瓢一瓢泼在木盆里，木盆里垫的麻布湿透了，小香獐半个身子泡在水里，大伯把最后的几瓢全泼在小香獐身上。我爹看见香獐弹撑了几下，又听见哼哼声，吓得一溜烟往家里跑，身后是大伯和金狗子凶巴巴的声音："不许说，说了饶不了你。"

我爹被爷爷的呼噜牵引着，走进他们的房屋，用手推了推爷爷，说："你鼾打得哼哼神，咋睡呀。""哼哼神，咋哼哼神了？"爷爷咕哝了一句，突然坐起身，"是哼，不好，是小东西在哼。"爷爷奶奶跑进猪窝棚，看到小香獐四肢一伸一缩地，奄奄一息了，一摸，身上和盆子里都是水，一股刺鼻的辣椒味。"造孽呀，快，拿麻布，草药水，清洗。"

爷爷奶奶忙碌了大半个时辰，把小香獐抱进了自己房屋。房屋里传出骂骂咧咧的声音："畜生，小畜生，叫你造孽，明天再找你算账。"

我大伯睡在床上，一句没哼，用脚狠狠地在我爹屁股上踢了好几脚。

小香獐在爷爷奶奶的呵护下，慢慢恢复了元气。烧伤的疤壳也掉得差不多了，两只眼珠活泛地转来转去，好像总想做点什么，表达对我们家的感激之情。除了时时躲避着大伯，小东西跟我爷爷奶奶和爹都亲热得不得了，跟来跟去的，形影不离。它动不动就往脚边一躺，尾巴摇得风铃似的，既像是讨好，又像是寻找靠山。

村里人看小东西乖巧可爱，渐渐地喜欢上了它，妇女和孩子们有事没事地跑过来逗它玩耍。小东西好像早把大伙儿要吃肉喝汤的事忘了，很快和村子里的人都混熟了，进进出出，来来往往的，讨人欢心。只可惜，小东西一身毛没了，露着黑乎乎、灰蒙蒙的残皮。我爷爷说，皮毛没就没了，就叫皮皮吧。于是，人人都跟着叫它皮皮。

原来，皮皮和河狼家竟有如此一段渊源。河狼又说，这仅仅是开头，小可怜的很多故事还在后头呢。

它呀，是头狼。

第二章　红狼

一、喊山魂

　　七月，金灿灿的太阳，把小雷湾打扮得神清气爽。绿油油的庄稼，笑嘻嘻地向我招手点头，热情极了，弯弯曲曲的田野里半绿半黄，还未成熟的谷穗羞答答的，悄悄随风摇摆，似乎不大好意思对我纵情歌唱。

　　田地间，红彤彤的皮皮，如一只迷人的红狐狸，神出鬼没地在与泡泡玩捉迷藏。泡泡成了一只无角的小山羊，雪白雪白的，在草丛中追着红皮皮玩耍，一会儿奔跑，一会儿停下来啃几口嫩草尖，一会儿扬头四处张望，生怕我和皮皮把它丢了。

　　在小雷湾，雷河狼带着我们，山上山下可劲儿地疯狂，泡泡形影不离地跟着我，瞪着一双惊奇的大眼睛，见了什么都要嗅上几嗅，然后，豪放地欢叫。皮皮终归不是我养大的宠物，总是若离若现，转身就不见了踪影，我东奔西跑地寻找，总也找不着它，吓得大喊大叫："皮皮，你出来，你回来呀，皮皮……"

我总是被梦惊醒，还是常做的同一个梦。

睁开眼，我看见泡泡和红木皮皮蹲在床上，同情地打量着我。我摸着泡泡的狮子头："小精怪，你从哪里找到的？不怕挨打呀，你妈凶着呢。"

泡泡不仅乖巧，还善解人意。

自从收到了神秘礼物木雕皮皮，我就喜欢上了它，尤其是了解了它的身世，知道它原来是只狼后，就更喜爱了，甚至可以说，有点迷恋，我不知道是怜悯呢，还是同情。同学们说，可惜是雕像，这要是活物，真狼，你还不晓得会爱成啥样子，你这是一种什么爱呀，应该叫大爱。我也被自己的行为搞糊涂了，弄不清楚是怎么回事。

"乔桥，你不能光顾着玩，整天围着石头和木头，把魂玩丢了，马上要考试了。"妈妈很生气，偷偷把皮皮藏了起来。

找不到皮皮，我也很生气，大哭了一场。泡泡看着我伤心地抹泪，悄悄地偎在我的怀里，尾巴直摇，我猜想，它兴许知道皮皮在哪。夜里一觉醒来，泡泡果然叼着皮皮，小心翼翼来到床前，眼睛直眨连眨的。

我坐起身，把皮皮捧在手上，仔仔细细地看了一遍，又一点点地摸遍了它的全身，感觉皮皮热乎乎的，温暖了我的双手。我双眼湿润了，低下头，对着皮皮头亲了一口，然后，喘了一口粗气，安慰说："小可怜，等考完试，放暑假了，我和泡泡陪着你回老家。"

从此，我时常夜里被梦惊醒，嘴里总是喊着："皮皮不见了，皮皮你回来。"

好几次，我把爸爸妈妈都惊醒了，冲进房间安慰我："乔桥，做噩梦了？别怕，爸妈都在呢。"

"这孩子是不是又病了，啥怪病呐，跟小时烧了那只毛狗一样，夜夜做同一个梦，像丢了魂似的，得到医院去，看看心理医生。"爸爸妈妈被吓到了。

在我三岁多的时候，爸爸送给我一个生日礼物，一只毛绒绒的宠物。妈妈说是狗，我却把它叫狼，小狼狗会跑，会叫，还会点头瞪眼睛，可喜欢我了，我追，它就跑，我生气走了，它就追我，对我叫，瞪眼睛笑，我们成了形影不离的好朋友。可是，有一天，小狼狗被小姑失手丢进了火里，毛全烧焦了，再也不会跑不能叫。那次，我病过一回，总做小狼狗被烧的梦。从此，狼在我心里有了阴影，也更加难以忘怀。

我知道，自己什么病都没有，就是想去小雷湾，亲耳听河狼的爷爷讲皮皮的故事。爸爸以为雷河狼向我讲了什么可怕的事，把我犯病的事告诉了他爷爷，了解有没有什么好方法治疗。

雷河狼爷爷告诉爸爸："没事，孩子是沉迷进去了。让他到我们这里来，喊喊山魂，走走转转就好了。当年我家榔头被迷得差点丢了命，我和他妈好一顿折腾，硬是把魂给喊回来了。"

爸爸不信迷信，对喊山魂之说不以为然，却极力劝说妈妈，支持我去找河狼，去看看山里不一样的世界。

鼓囊囊的肩包，装满了生活用品，沉甸甸的，妈妈从中取出两只皮皮，说："带它干吗，这不是从他们那里寄来的吗？"

"我们乔桥是要陪皮皮探亲呀，那不得装扮装扮，衣锦还乡啰。"爸爸幽默地调侃一番，望着我，商量说："石头皮皮太沉，放屋里吧。泡泡嘛，我看最好也留屋里，跟着是个累赘。"

"不行，泡泡得跟我一起。"我很坚决，泡泡也丝毫不肯示弱，站在我身边，对着爸妈大吼大叫。

雷河狼家独门独院，院子外是一条小河，院场宽敞整洁，十几级石条搭起的台阶，足足高出我大半个身子。台阶上坐落着几间青石墙黑瓦房子，美得像城里的仿古别墅。场院外的小河和灌满了水的稻田，使我想起了莲花湖里的莲花。

"爷爷，来客人了，武汉的客人。"雷河狼拉着我喊道。

"呵，乔桥吧，好哇好哇，莫嫌邋遢呀，狼娃子天天盼日日念，总算把你念来了，哈哈哈。"河狼的爷爷笑呵呵地迎着我走来。

"爷爷，您好，给您老添麻烦来了。"我打量着。

"哈哈，请都请不到的贵客，沾河狼的光。我是个木匠，大家都叫我斧头，你就叫我斧头吧，斧头爷也行。他爹呢，整天和石头打交道，都叫他榔头。"斧头爷慈祥地笑着。

斧头，榔头，孙子河狼，这一家三代，可真有意思。我摸了摸包里的皮皮，想想，又觉得不足为怪。

榔头爹捧着一捧板栗，一瘸一拐地向我走来。泡泡从我身后冲到身前，对着他警惕地叫了起来。榔头爹说："哟嗬，你好客气，可没预备你的哟。"

山村的夜晚安静极了，小鸟不叫了，灯光没有了，除了小河水哗哗流动，其他的一点声音都没有，山里的夜睡得格外舒心。

房顶上，两片长方形的亮瓦，透着洁白的光。天，好像离人很近，一颗颗星星贴着亮瓦，向房子里偷看，泡泡趴在床下，整个身子压着我的鞋子，打起了呼噜，卧在枕边的皮皮一动不动，静静地守护着我。

半夜，我听见有人呼唤我的名字："乔桥，回来了，快回来哦，乔桥……"

这声音亲切、动情，好像从院子里出去，由近及远，然后又由远及近，回到院子，走近了家门。我听出来，这声音像是斧头爷的呼喊，过了一会儿，声音又从院内走了出去，我在时断时续的呼叫声中进入了梦乡。

"皮皮，皮皮你在哪？皮皮。"我被自己的叫声喊醒了。

"孩子，做噩梦了吧。莫怕，斧头爷在，放心睡哦……"斧头爷站在床前，轻轻拍着被子，深情地望着我。

一连两个夜晚，我都睡在斧头爷的呼唤声中，睡得很深很沉，香甜极了。醒来时，趴在亮瓦上的星星，萤火虫似的，一闪一闪地冲我眨着眼睛，好像悄悄地说："别骗人了，你没病装病，喊啥山魂，你是在享受幸福，偷着乐呢。"

这天黄昏，斧头爷背着装得鼓鼓的背篓，喊："狼娃子，招呼好客人，走，乔桥，我们上山去。"

"哦，上山？这天……"我想说，这天眼看黑了，为啥上山。

"喊山去。夜里，在老林子喊山魂，最要紧，是心诚，可灵验了。"河狼拉着我的手，悄悄对我说。泡泡听说进山去，高兴地冲到我和河狼前面，紧跟着斧头爷的脚步。

山越爬越高，天黑得像墨绿墨绿的树林，一望无际。眼睛里什么都看不清，只听见斧头爷大一声小一声地喊："山神爷，远方的客人，乔桥来了，快赐力量吧，还有法力无边的魂。"

斧头爷走在前面，我紧紧扯着他腰间的麻绳，河狼在后面推着我的后背。我们走走停停，斧头爷停停喊喊，不知走了多长时间，也记不得翻了几道山，在我再也没有一丁点力气抬动腿脚时，斧头爷把我肩膀一按，说："坐下，就这里了。狼娃子，你来帮忙。"

河狼和他爷爷忙碌了一阵儿，一堆柴火熊熊地燃了起来，火苗子通红，像是挂在密林里的彩霞，把我眼前的一棵参天大树和远近参差不齐的林木映照得亮闪闪的。

我和泡泡坐在窝棚口，窝棚里铺着稻草树叶，猜想那可能是今晚的简易床。斧头爷从背篓里取出准备好的夜宵食物，架在柴火架子上烧烤，将玉米坨子和红薯直接甩进了火堆，不一会儿，树林里充满了肉香，斧头爷撕下一块兔肉递给我，我扯出一条赏给泡泡。

斧头爷吧嗒吧嗒抽了一袋烟，然后取出酒葫芦，吧唧吧唧喝了起来，一边喝，一边讲起了这狼山的故事，鬼鬼神神，奇奇怪怪，忠奸恶善……听着听着，我感觉四周都很恐怖，后背一阵一阵寒冷，全身麻颤颤得发紧。

山神爷，大慈大悲的山神爷——山神爷——
皮皮，有情有义的皮皮哦——皮皮哦——
乔桥，远道而来的贵人哟——贵人哟——

呼喊声，在山林中回响，原始，粗犷，充满着生命的力量。

朦胧中，斧头爷的呼叫，深沉地触动着我的心灵和神经。我揉了揉双眼，看见斧头爷坐在火堆旁，絮絮叨叨地说着。他在和谁对话呢？我好奇地坐起了身。

透过火光，我看见不远处的树林里，有一团红彤彤的东西。不，是一只什么动物，一动不动地立在那里，四肢虚蹲，似乎随时准备一跃而起。两只蓝莹莹的眼睛，像两道幽幽的激光直勾勾瞪着，斧头爷用木棍拨了拨火堆，红灿灿的火焰，把那双眼睛也照得像火一样血红。我心里一惊：啊，狼，红狼……

斧头爷望着红狼，不慌不躁地喝着说着。"冤家，你想干啥？站那里，咋的，想和我较量，有种那就比试一下。我晓得，你可能是皮皮的后代，告诉你，伙计，窝棚里今夜有贵客，那是奔你仙人皮皮来的。皮皮的朋友，远道而来，你快走吧，乖乖的，哪来哪去，莫要吵到客人……"

红狼喘息了两声，一转身幽灵般地消失了，树林里一片漆黑，过了好久，原野中，突然传出了一声狼叫："嗷——"

泡泡冲出窝棚，叫了起来。我走到斧头爷身边，问："爷爷，你怕不怕？"

"怕？是我把它喊出来的，它还怕你伤它呢！我们斗的都是一个魂字，人有人魂，山有山魂，有魂才有灵。"

河狼对我说：乔桥你莫不信，喊山魂越喊越有魂。我爹小时候，为了皮皮丢过魂，病得皮包骨头，差点没命了，就是我奶奶来狼山喊山魂，喊回来了一条命。

我从斧头爷的行为中，明白了一个道理：所谓喊山魂，并不是真的喊什么魂，而是一种意念，目的是消除心里的阴影。

早上临下山时，我要解手，河狼跟着大喊："那是神树，不能尿。"我又转身对着树下的一个土包，河狼又喊："乔桥，那是我奶奶的坟……"

二、杀身放生

　　太阳还未出来，白茫茫的雾，像山里人家的炊烟，早早地把山野缠绕得缥缥缈缈，我跟着斧头爷和河狼下山。在一道山梁哑口，泡泡对着一棵碗口粗的树大叫，树的枝尖半弯着，上面连着一根绳子，影影绰绰地晃动。斧头爷笑着说："好哇，有口福了。"

　　河狼拍着巴掌喊："呀，陷阱，困住了，獐子是吧？"河狼望着斧头爷，见爷爷没应话，又说："我晓得了，是麂子。乔桥，麂子可好吃了，香。"

　　麂子腿在上，头朝下，反荡秋千似的，上上下下地蹦，细小的眼睛，可怜巴巴地在我和泡泡眼前晃来荡去，尖尖的嘴巴发出哼唧声，像是在向我们求饶。

　　"刚吊上去的，我们惊动了它，慌不择路哦。"斧头爷解开麂腿上的绳扣，把它装进背篓，说："伙计，跟我们下山吧，走！"

　　快要进家门了，斧头爷的背篓里却传出一阵咩咩的叫唤。出工的农户们好奇地打量着我们一行人，热心地问："斧头爷，早哇，这是打哪弄羊子回来了哇。"

　　斧头爷笑笑："羊子？你们呐，眨巴眼瞧太阳，眼光不齐哦。"

　　"啥眼神，麂子看不出来。"河狼炫耀地说。

　　"麂子！看看，看看，真是呀。啧啧啧，你们家不是獐子就是狼，现在又活捉麂子……真是贵人上门，好事喜人呐……"

　　不一会儿，院子里挤满了人，到处都是羡慕的目光。"这麂子剥了，能整好大一锅，中午我们都来吃场伙，斧头爷，你家可不能吃独食。"大伙儿吸溜着鼻子，心里痒痒地走了。

　　河狼妈右手提着菜刀，左手残疾，提不动东西，吩咐说："狼娃子，去给你爷拿个盆子来。"

　　河狼把刀放进木盆，望着榔头爹。河狼妈说："看他做啥？你爹啥时候杀过生呀，连只鸡都不敢，莫说这么大的麂子。"

　　榔头爹瞪了女人一眼："多大？跟皮皮那时候比，大不了多少。再说，当时那大的灾年，皮皮烧焦了都没剥了吃，这会儿日子好了，活蹦乱跳的麂子，爹同意杀它？"

"不杀，不杀。"我们都望着斧头爷求情，斧头爷也同时看着我们，像是反过来征求意见。泡泡偏着头，萌萌地看看麂子，又抓抓斧头爷的腿，一声连一声叫。

榔头爹坚定地摇着头，"不杀。"当年皮皮能活下来，他功不可没，也由此定下了不杀生的原则。

小麂子躲过了一劫。斧头爷揉了一把草药，敷在受伤的麂腿上，用布包扎起来。

这时，村头的陆五斤急火火地闯进来，喊道："斧头爷，难为您哟，大早晨，为我解了陷阱。晌午把这小家伙煮了，我送你们一大碗来。"

"啥？煮了？谁说煮了！你要拿去煮了？敢？"我们都瞪大了眼睛。

"咋，不煮留着干啥？本来就是煮汤的山货，未必又像皮皮，还放生了？"

"留着，养起来。"我和河狼同时按住背篓。

"那可不行，我下陷阱套住的，归我，你们说了不算。"

"我们就要留下来，养着，你说咋样才行。"

"除非，除非你们拿钱来，买去。"

"我们捡的，不捡它早挣脱跑了，凭啥出钱买。"河狼一家都摆手摇头。

我跑进屋，从包里拿出 200 块钱："给你钱，我们买下了。从此，它与你无关。"

折腾了半晌，小麂子担惊受怕，肯定又渴又饿，河狼端着稀苞谷粥试着喂食，它张嘴舔了一下，没有要喝的意思。我把泡泡的鸡肉块、牛肉干和香肠摆了一堆，它连嗅都不嗅一下，双眼一直盯着好奇的泡泡。

斧头爷从门外扯了一大把青草，它先用舌头舔了几根，接着就大口大口地啃嚼起来，我用手抚摸着它光滑的毛，感到很舒服。泡泡用头顶顶背，又伸爪子抓抓它受伤的腿，好像是在同情地安慰着它。

榔头爹看着我们说："麂子是不吃肉的，它只吃草，不像狼。一点常识都不懂。"

我后来才知道，食草动物和食肉动物的重要区别，在于各自的需要。就像人，再好的东西，哪怕是山珍海味，你不喜欢，不需要就不是好东西了。

斧头爷瞟了榔头爹一眼："咋和娃子说话？你这会儿长能耐了，在他们面前装大尾巴狼。皮皮刚来家那会儿，你咋做的？忘了？"

榔头爹不好意思地嘿嘿笑："那时候小，跟他们一样，哪晓得那多事呀。"

原来，那年斧头爷把獐子救活后，榔头就把獐子当宝贝，拼命地割草喂草，巴不得它早日长大，陪自己玩耍。

一开始，皮皮卧在盆子里，对青草还感兴趣，每天榔头一喂就吃。没想到皮皮伤刚好转，勉强能下地走动，就发生了变化，对青草不再喜爱，却对青草上的蚂蚱肉虫，还有草根下的蚯蚓情有独钟。

斧头爷对皮皮的变化看在眼里，一天中午，从田里抓回来几只青蛙，皮皮见了眼里发光，一口一只吃得津津有味。斧头爷就说："娃子，看到没，这它也吃，吃得还很香。你要真喜欢，就变个法子，多弄些青蛙、麻雀、蚂蚱，说不定它对你会比对别人更亲。"

真被斧头爷说中了，皮皮在这些活物中成长，对榔头也格外亲热，追着他屁股，田里林里满世界跑。

皮皮跟榔头形影不离，除了睡觉不在一个被窝里，从早到晚都好得亲兄弟似的，村里人见了就问："榔头，皮皮是你哥呀还是你妹子，看你那亲热劲，晚上是不是当媳妇搂着睡？那一身的白皮，光滑得很吧。"

榔头的哥哥大头，对皮皮一直存有怨气，当初想弄死吃肉，结果肉没吃到嘴，还挨了一顿毒打。平日里兄弟两个打闹，皮皮不仅总是帮着弟弟，而且眼睛里始终对自己充满敌意，大头就在心里骂："癞皮狗，早晚把你撵走。"有一回打架打急了，他就骂出了口。

一听"癞皮狗"三个字，榔头就跟哥哥急眼了。可看看稀毛的皮皮，又觉得那一身白皮确实扎眼。于是榔头上山，采回来一筐马憋子果，煮成水，涂在皮皮身上，墨蓝墨蓝的，像穿了一件蓝布衣，把白皮紧紧地包裹起来。

村里人见了，都说榔头有心，皮皮长好了，漂亮了。榔头高兴，自豪地领着皮皮东家西家串门。可没过多久，蓝色退了，皮皮变得蓝不蓝白不白，身上疙疙瘩瘩的，比原先更难看了。

榔头来到学校，找老师一商量，用批改作业的红墨水给皮皮身上厚厚地涂了几层。老师看着皮皮的模样，随口编出一段儿歌来："红皮皮，白皮皮，像狗像貂像狐狸……"榔头唱着跳着从学校出来，村里人惊讶得眼光一亮，皮皮红闪闪的，新娘一样可爱。

我终于明白，斧头爷为什么送我的皮皮是红色的，并且刻着这首儿歌了。

河狼对我说，红红的皮皮越长越美，人见人爱。

大家怎么也没想到，皮皮长着长着，出现了一些莫名其妙的变化，它的身材模样不再像香獐子，眼睛里发出的光在夜里放绿，平时专爱和小动物玩，动不动就追小猫、小狗和小猪。有一次，邻居跑到家里来，说是皮皮撵着鸡子满院飞跑，还往猪圈里头钻，追跑时发出的声音跟过去也不一样，不大像獐子叫，就跟狼似的，嗷嗷叫，人家担心皮皮不是獐子，是狼。大伯大头本来没吃到肉就不甘心，听邻居一说，气得火冒三丈，追着皮皮一顿狠揍。

那段时间，皮皮里外不是东西，由好可爱变成了好可恶。有一天，奶奶听见鸡子叫得凄惨，慌忙跑到院边一看，大黄母鸡躺在地上，满头满脖子是血。这时，皮皮正喘着粗气，从林子里跑了出来。

吃晌午饭时，奶奶担心地对爷爷说："该不会真是狼吧？成天追鸡撵猪的，万一哪天伤到谁家娃子了可不得了。"大伯恶狠狠地说："打死算了，吃肉。"他提起扁担朝皮皮打去，皮皮一个猛子扑到爷爷身边，瞪着愤怒的大伯。爷爷跺跺脚说："放下，我没发话，都不许动它，谁敢动试试。"皮皮感激地望一眼爷爷，摇着尾巴，蔫妥妥地走出了屋子。

过了一袋烟的工夫，皮皮突然冲进了堂屋，嘴里叼着一只黄鼠狼，站在大家面前。大伯说："看看，连黄鼠狼子都吃，不是狼是啥？"

爷爷磕磕烟袋锅子，横了大伯一眼，说："你呀你，这大个头，真是猪脑子。鸡子是黄鼠狼咬死的，皮皮它自证清白，没看出来呀。莫看它不会说话，比你脑子好使。"

皮皮摇头摆尾地高兴，赶忙跑到爷爷脚边趴下。爷爷摸摸皮皮，拍了拍，自责地说："对不住啊，伙计，错怪你了。"皮皮好像听懂了，嗷嗷地叫了两声，伸着头，在爷爷的两腿间，可劲地蹭来蹭去。

爷爷摸着皮皮的头，想了想，叹了一口长气，然后说："皮皮，你伤好利索了，身子也长壮实了，待这里毕竟不是长久之计，指不定哪天就会惹来杀身之祸，我跟榔头照得住一时，管不了久远。你还是回去吧，回到山林里享福去，那里才是你安身长命的地方……记住，可莫忘了我们啊，有好事了想着我们，有难了也莫忘了找我们……你是谁呀，一身红的皮皮，往村头路口一晃，我们就晓得了……"

皮皮走了以后，爷爷说："我老早就发现，它不是香獐，越长越像狼。可越一起生活，越觉得它有了人的秉性。"

我看着斧头爷，有些疑惑："您就几句话，轻轻松松，把红狼放了生，一点都不珍惜地打发了？红狼它，真就那样听话，乖乖地走了？这太不可思议了吧。"

三、流浪

我抱着红皮皮躺在床上，月亮透过房顶上的亮瓦，探照灯似的往我脸上聚光，照得我一点瞌睡都没有。我决定出去走走。

刚推开门，就听见村子里和远山坡上有喊叫声，似乎是在喊孩子，夹杂着呵斥声。河狼紧跟着我出门，说："睡不着吧，我们山里娃子夜里睡不着，就出来走月亮。"

"啥叫走月亮？"我不明白地望着月亮发问。

"走月亮，就是在月光下玩耍、唱歌。月亮走，我也走，一走走到山里头……"河狼说着唱了起来。

"小孩走月亮，大人喊啥？"

"喊回家睡觉，怕遇到狼。"河狼说这山里有狼，流浪狼，夜里有时就流浪到村里来了，它不吃人，可吓人，小孩弄不好吓出病来。

"你爹是不是遇到流浪狼了，被吓出了病，才喊山魂的呀。"我其实只是随口一说，并不是真要打听他爹的事。

没想到河狼当真了，"我没说过呀，你咋晓得的？"河狼望着我说，"实话告诉你吧，皮皮放生后，不适应山里生活，成了流浪狼，我爹为了找它，成了一个流浪娃子……这事，我说不大清楚，明天问我爹我爷，让他们告诉你。"

"你多少了解些吧，反正睡不着，说个大概我听，明天问起来，也好有个轮廓。"

以下便是河狼的自述：

皮皮走了以后，半个月没有踪影，大人都习惯了，忙着农活儿，就把它忘到了脑后头。我爹心里没放下，白天没着没落地念叨，晚上要起好几次夜，为的是碰运气，总想会有个惊喜，结果，真让他撞上了。

一天夜里，天上有明晃晃的月亮。我爹前半夜起来解了两次手，在半昏半暗的月光中，睐来睐去，总感觉有皮皮的气味。后半夜，他做了一个有关皮皮的梦，睡不着了，又爬起来，在推开屋门的一瞬间，看见皮皮在院门口，苦萨似的坐着,两眼亮晶晶地望着屋门。我爹揉着眼,扭头朝屋内喊,"爹,爹,皮皮。皮皮回来了,坐在院场里。"

我爹再一转身,院门口空了,什么都没有,只看见一个泛红的影子,奔山林里去了。我爷爷奶奶和大伯追了一路,喘着粗气回来,把我爹拉进屋,说:"娃子,你睡夜怔了,外面月光暗,眼发花,没事了。"我爹犟着说:"皮皮真回来了,我明明看见的,红的,未必月亮是红的呀!"

…………

"乔桥,还记得那天在院子里,闹着要麂子的陆五斤吗?"河狼和我说。

"我当然没忘,还出了两百块钱呢。那个自私、蛮横劲儿,是我进山来唯一看见的一个与山里人淳朴、善良、厚道截然相反的人,忘得了吗?"

河狼继续说。

陆五斤的父亲陆凯武,就是他原先鼓捣要吃肉喝汤,后来强迫赶走皮皮的。他蛮干,动不动就爱跟人动粗,更别说对皮皮了。有天夜晚,天刚刚擦黑,他去插猪圈门,猪"哼哼哼"

直冲，就是不进圈门。他朝圈里一望，里面坐着一条狼，两眼绿幽幽地射光，吓得他跳起脚直吼："狼啊，狼来了，在我猪圈里……"村里人提着冲担、挖锄拥向他家，狼影子都没有。

过了一段时间，村里人正吃晌午饭，听见陆凯武突然拼命地嚎叫："狼呀。狼又来了，跟我较上劲了，瞪我呢。"他领着赶来帮忙打狼的人，在山林里转了一个多小时，连个狼爪印子都没找到。仅仅过了一天，陆凯武家又传出"狼呀，狼来了"的呼喊声，村里人都装着没听见，再也不去帮他撵狼了。

我爹说他是报应。总到他家去的八成是皮皮，村里人就有意提醒："狼咋不去别人家。"

陆凯武这才意识到可能是皮皮在捉弄他，便扎了一个纸红狼，连同一沓火纸一同烧了，祈祷皮皮保佑平安。

无风不起浪。陆凯武和我爹遇见狼，后来被证实，那还就是红狼，皮皮。

大概是皮皮归山两个多月的时候，村里人到处传说红皮皮回来了，说皮皮有时在这冒一下，一会儿又在那里出现，说得有鼻子有眼。我奶奶也说房前屋后，院内院外，好像都有皮皮的味道，浓一阵淡一阵。我爷笑话奶奶："就你闻出来了，狗鼻子，尖。"

村里社员在田里薅秧，薅着薅着，一抬头，就见皮皮坐在田埂上，有时是在溜达。看见村民张望，皮皮摇摇尾巴，一溜烟就跑没了影子。

我爷爷亲眼看见皮皮，是那次在生地里薅苞谷草。新开的生地，土肥，苞谷秧子长得粗壮，青油油的，草也长得旺，一堆一堆的。男女社员从地脚排成长龙阵，齐排排往山上锄。我爷和背锅子站在半山腰，唱着薅草锣鼓催劲。背锅子打一通锣鼓，我爷就唱一段歌，薅草的人就喝几声彩，有干劲地往前赶，赶到他们跟前时，我爷就往上山腰转场，接着，又敲敲打打地唱。正唱得起劲，吆喝声大作时，山地里突然传出两声狼叫。我爷爷猛转身，看见是皮皮，红彤彤的，只是奔跑得有些踉跄，身子比在我们家时瘦了不少。我爷笑笑说："都瘦成这样了，还来捧场、喝彩呀。"

按说回归了山林，吃得多饿不着，又自由自在，野性也应该得到释放，为何会瘦呢？我对河狼的说法表示怀疑。

河狼说："就是呀，我爷也觉得蹊跷，专门上山跟踪皮皮。这才发现，皮皮跟山上的狼，压根就不是那回事，合不拢群不说，还受排挤，所以就自己躲着同类。"

河狼继续说。

　　在桦树林，皮皮碰到五只群狼，狼头望着它示意，呼哧哧打着响鼻，其他狼也跟着头狼向它打招呼，但它像没看见似的，扭头想走。头狼眼里放出凶光，四肢把地上的枝叶刨得哗哗响，皮皮不敢动了，呆呆地望着。这时，一头拖着猎物的狼闯进来，头狼看了它一眼，带着同伙撕扯起猎物来，皮皮没有跟着享受美餐，趁机逃跑了。

　　我爷爷说，狼跟人一样，欺生。可皮皮你不能自己躲避，不合群不好，难生存呀。

　　听完河狼说的这些，第二天，我向斧头爷讨教皮皮为什么会是这样，不合狼群，却跟人亲近。

　　斧头爷吧嗒了几口烟，若有所思地说："皮皮打小被我抱回家，和人待得久了，习惯了人的生活，再加上受到过伤害，又被歧视和嫌弃。回到山里，但没有了野性，生存本能也退化了，和一直生活在野山上的狼，自然格格不入，慢慢地被疏远、抛弃，成了一只孤狼，免不了念及人的好来，自然就经常回村子里来。"

　　"就像人，要是离开了人群，孤单单一个人生活在深山里，看到的只有树木，听见的也只有鸟兽的声音，时间长了要么会变呆变傻，要么就形成了孤僻古怪的毛病。"

　　这使我想到了自己，小时候，爸妈都拼事业，远房姑姑来照顾我生活。姑姑做事勤快，但很难张嘴说句话，每天把我放在阳台上。我一碗饭要吃两个多小时，不吃了，就看来往的行人和花花草草。两岁多了，我还不会说话，姥姥有一回瞪着眼睛，说乔桥莫不是哑巴吧！那眼神我至今记得，太可怕了，看怪物似的。

　　阳台外面是个大院场，每天早饭后都很热闹，买菜的人最多。一天上午，我正在吃饭，院场上人们慌里慌张地奔跑，喊叫声刺耳，好像还夹杂着动物的哼叫。我吓得哇一声哭了起来，姑姑拍着我说，乔莫哭，不怕，是只红屁股狼跑院子来了，有人在赶。我听见人们的争论，"动物园的狼跑出来了？""不是，是猴，那显眼的红屁股，八成马戏团丢的流浪猴。"

　　这时，几个买菜的大妈把菜一倒，拿着盆子"哐哐哐"乱敲。流浪猴四处乱窜，跑不出去，被赶上了架着变压器的电线杆，血红血红的屁股在太阳下跳跃。只听"嚓嚓"几声，变压器火光闪了几闪，流浪猴"咚"的一声重重地摔在地上，乌黑乌黑的血，把红灿灿的屁股淹没了。

　　这件事对我影响很大，从此我害怕人多，排斥交流，上幼儿园躲着小朋友。小学头几年我总是独来独往，疏远所有同学，更不愿与老师交流……这也是这次爸爸力劝妈妈，放我进山找河狼同学的缘由。

"流浪皮皮活下来没有？"我担心它孤独地死去，那太惨了。

斧头爷抓了两把青草，喂进麂子嘴里，看着它一点点吞嚼，慢悠悠地说："得吃，不吃东西哪撑得住。皮皮不是爱在田间地头流浪嘛，我就时不时地抓几只青蛙放在它经过的地方，躲在一边，偷偷地看着它吃。可我转过来一想，皮皮这样黏人，总在村里转悠也不是个事，万一哪天，碰上陆凯武一冲担挑了，咋办？得想法子。"

河狼抢着说："我晓得你的法子，田鸡跳跳，麻雀蹦蹦。你把我大伯抓的麻雀拿去了，人家本来要红烧吃的，被您送给了皮皮。您还把麻雀挂到浅坡的小树上，麻雀活蹦乱跳的，吸引皮皮又蹦又跳地够着吃，馋着想着吃。"

斧头爷笑笑："这叫猴子不上树，多敲几遍锣，没法的事。再后来就是斑鸠，斑鸠个大，血多，我把斑鸠一只一只吊在深山的树枝丫上，把皮皮引进那里，地上甩一只，让它吃了还想吃，打树上的主意。就这样，一来二去，皮皮从村头渐渐走进了深山。"

可没想到，皮皮不到村里流浪了，狼娃子他爹却追着皮皮，跑山上流浪去了。

榔头爹放下手中的榔头："我那咋叫流浪呢，那是放心不下您的皮皮，用现在时兴的话说，叫什么？乔桥，你们城里人陪狗狗玩，那个词，怎么讲？"

"哦，遛，叫遛狗，你是去山上遛狼。"我感到榔头爹好可爱。

"还遛狼，不是皮皮，你早没命了。"斧头爷揭了榔头爹的老底。

"那倒不假。"榔头爹说都是意外，谁晓得脚下一滑，他一个趔趄悬了空，崖下是深不见底的岩洞呀。他眼前一黑，想完了。这时，好像有一只毛乎乎的爪子，抓住他衣领子，拖了他上来，他连怎么回的家，都没弄清楚，觉得就是皮皮救了他。

"还有那天，我上山时好大的太阳，半晌午，天突然变了，狂风暴雨，鸡蛋大的冰雹坨子直往下砸。幸亏我跑得快，躲进了岩洞。雨下个不停，风呼呼吹水哗哗响。我没见过这阵势，又冷又饿，关键是害怕，不晓得是困着了还是饿昏了，一个接一个地做梦，听见爹一直在喊我，摸我，摸得身上热乎乎的，还感觉爹一个劲儿地往我嘴里喂吃的。醒来时，爹不在身边，只看见地上一堆红薯，我嘴里还含着红薯碎末……"

"我敢肯定，几次救我的，都是皮皮。皮皮下山不是流浪，而是离不开我们，我上山，也不是流浪，是舍不得皮皮。我把皮皮的事说了，谁都不信，那我就要上山证明，让你们信。大家又说我得了魔怔，被狼勾了魂，所以我妈才上山喊魂，把流浪的魂给喊回来。"

第三章　英雄

一、残模

房顶上青黑的瓦，一片片规律地伸展开来，像稠密的树枝，顶着阳光，遮着浓荫，也挡着风雨。

正房的东头，斜搭着一间略低些的偏房，也叫偏所，上面盖的是灰白色石棉瓦，瞧上去与正房相比有些不伦不类。偏所的门始终锁着，从我来，就没见打开过。

一天，我正在喂麂子青草，不知从哪跑出来一只黄鼠狼，吱溜一声，从门底缝钻进了偏屋。泡泡追过去，冲门里吼叫，怎么都喊不回来。我也好奇，那里面藏着什么宝贝呢？我扒着草尖宽的门缝，根本看不清楚，隐约估摸，像有一个稻草人模样的东西在立着。

我双手推门，想拉宽门缝的间隙，这时，河狼冲过来，按住手说："莫，千万莫动，我爷会发脾气的，火起来，打一顿也说不准。"

"为啥？真有宝？博物馆的文物宝贵吧，还在展览呢，去武汉，我带你参观。"

"我爷看的比宝还宝贵。"河狼伸伸舌头，又摆摆手。

这更刺激了我的欲望。

为了达到目的，我把望远镜送给了河狼。

河狼趁爷爷和爹妈下地出工的时候，搬出梯子搭在山墙上，扶着我上去，在石棉瓦角上撬开了一条缝。我用望远镜观察，没啥特别呀，里面就是一个稻草人，也不全像人，更像啥动物。

"不是人，是狼，还是只母狼。"河狼让我看仔细点，问像不像狼。

"不像。狼咋没嘴呀？"

"嘴，被我奶奶砍了，破了像。"

"为啥？"

"为我爹，还有大虎子和皮皮。"

榔头爹不声不响地回来了，盯着我们喊："狼娃子，你不要命了？人家贵客命金贵，有个闪失，看咋交代，老爷子不打死你。"

河狼把我从木梯上扶下来，我们拔腿就跑，榔头爹在后面一瘸一拐地追着喊："回来，给我回来。"

原来，那是一只狼标本，不仅没嘴，还缺掌少爪，是个残疾。河狼说："要不是这个狼模子，我们一家早就完了，全村也会跟着遭殃。"

河狼继续说。

听大伯说，那天，天快黑定的时候，我奶奶踉踉跄跄地回来，咚的一声，沉重地摔倒在院子里，跟着摔倒在地的还有我爹、隔壁的大虎子和一条狼。

爷爷等得焦急，听见响动，不耐烦地边走边抱怨："咋这晚才回？想饿死人呐。"院子里没有回音，只有呼哧呼哧的喘息声，走近一看，奶奶全身是血，大虎子和我爹身上也沾满了血，紧挨奶奶躺着一条死过气的狼。

"我的天王老子，你咋沾惹上它了？你不要命了，还有孩子的命呐。"

爷爷把奶奶背进屋，刚将两个吓傻了的孩子安顿好，就听见一阵旋风呼啦啦地刮来。爷爷站在台阶上，越过院墙望一眼远处，一溜儿交织纷乱的"电筒光"，蓝幽幽的，从村外穿过村口，直奔院子射了过来。虽然在夜晚，也能感觉到狼爪子踩碎的树枝、草叶和尘土的飞扬。

不好，祸事来了。爷爷赶紧关上院门，提起死狼甩进堂屋，用水把院内的血迹冲洗了一遍。

可是，寻着血腥味疯狂而来的狼群，已经堵在了院门外。头狼嗷叫了两声，尖厉刺耳，狼群声嘶力竭地跟着咆哮起来，声音威严，粗犷，血性，充满了野蛮的狼性，狼嗥在山村中回响着、动荡着。这从未有过的阵势，把村民们都吓蒙了。

爷爷端着火铳，守着堂屋门，不知如何是好。

奶奶苏醒了，望着爷爷镇定地说："哪晓得闯这大祸，误伤哦，都是为了这俩孩子，被逼的，出手急了，又不是有意。"

"狼啊，它管你有意无意，晓得你是误伤？"

"你说咋的办呢，我们把狼还给它们？"

"嫌它们还不疯狂，甩个死狼，你等报复吧。"

"实在没辙，我去，大不了一命抵一命。"

爷爷狠狠地瞪了奶奶一眼。

闹腾了一夜，直到太阳出来，门外才停止嚎叫。爷爷从门缝发现，群狼没了踪影，地上留下了一大片土坑，那是狼爪子挖的。爷爷小心地打开门，院门板上一条一条的都是牙痕、爪痕，村子里一个人影都没有。

快晌午了，村头张婶到园子里摘菜，一抬头，地边上坐着一头狼，吓得她甩下菜篮子："妈呀，妈呀，狼！"她连呼带叫，拼了命地跑，张叔赶出来，提着冲担问："狼？在哪儿，哪儿呀？"张婶悄声说："边上，地边上，回家，莫惹它。"张叔远远近近一看，田头、地头、村口，都是狼。坐着、站着、卧着，眼睛虎视眈眈地朝着一个方向。

"斧头啊，你咋招惹狼了，昨个叫了一夜，大白天这一条一条的，拦路虎哇，下不了地不说，菜都吃不上。"张叔悄悄地溜过来，手里冲担一抖一抖的。

左邻右舍几个胆大的爷们儿也跟着张叔溜过来。"你得拿主意，斧头，快想想办法，这样下去，狼不吃人，吓也会吓死人。"

大虎爹乘大伙儿说话，连个招呼都没打，偷偷拉起大虎跑回了家。

晚上，群狼又来了，堵着院门口，刨地、挠门、嚎叫……屋内一头死狼，屋外一群活狼，煎熬得爷爷奶奶心急如焚。

大伯恶狠狠地踢了两脚，正好踢在没了嘴巴的狼头上，死狼没叫，疼得自己嗷嗷叫，叫着叫着他灵机一动："爹，干脆我们把狼剥了，用皮子做成一个狼模子，趁着没干，身上腥味重，从后院出去，把它架到老林子树上，我学狼叫，把门口的群狼引过去……"

奶奶望着爷爷："狡狐狸，奸狼巴，它们会上当？"

爷爷想了想说："倒是个办法，行不行的，试试。"

大伯迫不及待地拿出菜刀："我来，开膛破肚。"

"一边去。"爷爷夺过菜刀，蹲下身，从头到尾，上瞅下瞄，前拍后摸了一遍，然后，找出一根麻绳子，从房梁甩下来，把狼吊住。他拉开马步，从狼嘴处下刀，一点点，一点点，小心翼翼地把狼皮和狼身子分割开来，分开一两寸，就用手把狼皮往下扒一气。

足足两个时辰，爷爷才把狼皮完好无损地剥离下来。奶奶吩咐大伯："去拿些稻草来，帮你爹给狼塞上。"

"不，不用稻草，把那床旧棉絮拿来。"爷爷利落地撕下棉花坨子，一把一把地塞进狼的身子，没多大工夫，"狼"成型了。爷用斧头削了一只木爪子，给狼安上，然后又用皮子剪成狼嘴，让奶奶缝上。

爷爷仔细端详着精心加工的狼模子，有模有样，可总觉得还缺少点什么，缺少什么呢？爷爷突然一拍脑袋："缺精气神，魂，没狼魂，骗不了群狼。"

神在眼睛上，魂在眼珠子里，珠子，珠子。我爹说哥有两颗弹珠子，绿光的。爷爷说绿的好，就要绿光的。大伯舍不得，用眼横着弟弟，奶奶说都啥时候了，保命要紧。

狼模子安上了眼珠子，灯一关，绿莹莹的，活灵活现，能以假乱真。

后半夜，爷爷扛着狼模子，带着大伯，从后院悄悄地翻了出去。

河狼把我领到村口的大槐树下，指着中间一根树丫说："狼模子就架在那树丫子上，爷爷和大伯，躲在树顶上的枝子中间。"

大槐树有两人抱起来粗，树干笔直，直到两米高处才分开枝权，上面像一把大伞，墨绿墨绿的，如果藏几个人，不仔细观察肯定是发现不了的。

斧头爷和儿子把狼架在明显处，自己用树枝紧紧隐藏起来。然后，大一声小一声，紧一声慢一声地学着狼叫。

群狼听到村口传来熟悉的叫声，急匆匆奔过去，看见同伴蹲在树枝间，两眼绿幽幽地望着自己。头狼蹦跳了几下，树上的"狼"嗷了几声，群狼围着树干，想上却上不去，眼巴巴朝着树上吼，站在树上的"狼"也朝树下嗷叫，狡猾的群狼也犯糊涂了，不明白究竟是咋回事。

"咋回事？我告诉你们吧，它们以为那条狼跑到树上，是在闹着玩呢。那叫声，还有身子的响动，都是我弄出来的，它们哪晓得呀！"斧头爷突然出现在我们身后。

"后来呢？群狼就那样走了？"我不太相信。

"不走咋的？上又上不去，上面的又下不来，群狼只得跟着头狼扫兴地跑回了山林。"斧头爷得意地笑了，望着我和河狼说，"不回家，你们也想在这树上过夜呀，那得要有胆量和狼斗智斗勇，不是闹着玩的。"

在我们离开大树时，有阵风刮来，好像有一颗果子砸在我头上。抬眼望去，树叶飘飘扬扬地下落，这使我想起了几年前的秋天。

那天，我坐在汉阳树下，捡了一袋子白果，听说白果治流鼻血。秋风有一阵没一阵地吹动树上的白果，白果有几颗没几颗地落下来。一片树叶在风中兜兜转转，最后落到了我的手上。地上一片金黄，厚厚的全是叶子，偏偏有一片落在我手里。原来这是片被虫子咬得稀烂的残叶，比其他叶子轻了许多，所以随风飘摇，迟迟落不下地，就成了我的礼物。虫子不仅咬残了叶片，也咬断了叶片上的经络，看起来像飞鸟，更像狗或狼，大家争论不休，得不出结果。为此，我写了一篇作文，叫《残叶标本》，老师把名字改了，改成《残》，给我很高的分。这片残叶，连同作文，我都精心地保存着，夹在笔记本里……我不清楚，此刻我为什么想起了那片残叶，难道它和残模，都代表一种生命的延续吗？

"怎么，对狼模子有兴趣？"斧头爷见我一路默不作声，以为我在琢磨狼模子的事。

"哦，哦。"我似答非答，还没从残叶中回过神来。

回到院子，斧头爷直接走向偏屋，取出腰间钥匙，打开了偏所门。

偏所密不透风，一股刺鼻的味道迎面而来。

狼模子立在一块高高大大的木座子上，木座子旁边，摆满了大大小小、形态各不相同的木狼。

二、演讲

偏所存放的东西不多，却收拾得很精心，证明它们
的重要。里面除了狼模标本和狼雕外，还有一张红漆木
柜，和一口宽大的红木箱子，分别用红布盖着。靠正房
的山墙上，挂着一杆枪。我揭开裹着的红布，发现是一
杆半自动步枪。

"这是我奶奶的步枪。"河狼自豪地炫耀。

"你奶奶，有枪？"我很惊讶。

"我奶奶是民兵排长，枪是发的，65式。这不是真家
伙，是爷爷仿制的，跟真的一样。当年收枪时，差点当
真枪收缴了。"

这枪的来历和工艺都使我好奇，可河狼不肯说，好
像有难言之隐。或许藏着什么秘密，我一个外人，也不
好多问，心想，他憋不住时自然会告诉我。

木柜上有锁，但开着，也许是斧头爷专门给我留着的。河狼好奇："这锁咋开着，不可能呀，钥匙在爷爷裤腰带上呢。"

打开柜门，里面立着一张放大的照片，是一个年轻的女人，肩背钢枪，两眼亮晶晶的。照片一侧，写着两行大字：

飒爽英姿五尺枪，英子救人敢擒狼。

"英子，英子是谁？好漂亮呀！"我指着照片问河狼。

"奶奶，我奶奶就是照片上的英子，她还到过你们汉阳，见过江，上过黄鹤楼。"

"你奶奶到过武汉？她真不简单。"听河狼一说，我对照片上的英子肃然起敬。

"我们家奶奶是英雄，出过远门，还到处演讲、作报告。"

柜子里，还有一张长方形的合影照，照片上密密麻麻的人站着，英子在第一排坐着，左右好像都是领导。这使我对英子奶奶更加刮目相看。

斧头爷坐在院场里，盯着偏所里的狼模子，听着我和河狼唧唧喳喳地说话，嘴里旱烟袋吧嗒吧嗒地响。我从门里看见一只蜜蜂在他头顶嗡嗡地飞，他却无动于衷，仿佛已坐成雕像，进入了一个久远的梦乡。

"晓得这残模为啥金贵吗？它是皮皮的狼妈，我爷爷说的。"河狼神秘地把手指头堵在嘴上。

"啊！"

我的惊叫，把斧头爷从遥远的回忆中拉回到现实。只见他一脸的忧虑和感伤，仿佛刻在深深的褶子里，他仰起头，冲我歉意地一笑。

"就那么一说，哪晓得她当真了，毁了她不说，还送了命。"斧头爷扭头看着偏所。

斧头爷的话没头没尾，我听得一愣。顺着斧头爷的目光看去，恍然明白，他似乎是说河狼的奶奶。

"哪能怪你呀，怪我。"榔头爹身子一斜一斜地从台阶上下来，向我诉说起那段不堪回首的往事：

　　妈把我的魂喊回来了，可我的心还在山里，在皮皮身上。我不停地上山去找，她就以打猪草、采山药的理由帮我找。皮皮像晓得我们辛苦似的，时不时跑出来晃一头，打个照面就跑。

　　那天，我和小虎追着皮皮上了狼山。在榆榔树下，皮皮钻进窝棚就不见了，我们就在窝棚里等，后来把妈等来了。我们又饿又渴。榆榔树上爬满果藤子，八月榨一串一串地挂在上面，张开口对我们大笑，里面雪白雪白的，我们直流口水。妈把刀往腰里一别，噌噌爬上去，摘了八月榨往我们怀里丢。我和小虎像比赛一样抢着吃，一吸溜一个。这时，有一头狼正偷偷地向我们走来，我们压根没看到。正吃着笑着，只听呼一声响，看见我妈从树上掉了下来，我和虎子连忙站起来。只见妈坐在狼背上，手里挥着刀猛砍。我和虎子吓倒在地，哇哇地大哭……

就因为那头狼，我们的家，就，就……

榔头爹哽咽着，再也说不下去了。

河狼妈不知何时站在我身后，突然说："过去这些年了，伤心呐，说起来就哭。要我说，那都是命，老奶奶命里有这一劫，咋说她也风光过，谁有这能耐。"

斧头爷磕磕烟锅："当爹的人，不怕客人笑话？狼娃子，去把木箱子打开。"

木箱子里装得满满的，最上面是一本大红塑料皮书，打开一看，里面是毛主席语录。木箱中间一层一层放的全是农家衣服，叠得整整齐齐。再往下有一个油布包，油布里面包了两三层布，露出一件鲜艳的褂子。这是英子奶奶照相时穿的那件，我在照片上见过。

在木箱子最底层，我看见了一沓格子纸手稿，上面红笔改得不剩几个黑笔字。手稿下面，有一沓装订整齐的打印稿，开头正中写着——英子摘狼，讲用稿。以下是内文：

　　我叫张英子，住在鄂西北的大山里，村名叫小雷湾。湾里人都喊我小英子。因为我打小胆小，山里有狼，偏偏被我这个胆小的倒霉鬼碰上了，还是一头老狼。（"我不怕皮皮，它是一条可爱的小狼。"这句话歪歪斜斜地写在稿纸侧边）

　　八月十五那天，隔壁虎子和我儿子说要上山打板栗，我晓得他们是去找皮皮，就提着打猪草篮子悄悄跟着。一路上，满树的毛栗子张着红通通的大嘴对着我笑。到了那棵大榆榔树下，看着树上黄皮白瓤的八月榨，两个娃子口渴嘴馋了，我扯着藤子爬上了树，边摘边甩，俩娃子边吃边笑。哪晓得，他们的笑声，惊动了林子里的一头老狼。

　　老狼竖着耳朵，吐着舌头，走走停停，听听走走，一点点地向窝棚来了。我在树上看到老狼时，头一下子炸了。"妈呀"，差点叫出声，我用手连忙捂住嘴，脚下又差点滑落，我怕得要命，吓得身上直打战。不敢喊，也不能动。可是，当我低下头，看到那么开心快活，正吃着八月榨的两个孩子，想到他们马上就会被狼吃掉，紧张得两腿发颤，腮帮子梆梆硬。心里一个劲儿地喊：快救孩子，快，快点。

我顾不得那么多，立马稳住身子，两脚蹬着树丫，背靠树干，三下五除二把手中打八月榨的木棍子削尖，眼睛死死地瞅着老狼，等它靠近。老狼不晓得是否发现了树上的动静，突然停下爪子，直直地坐了下来，没坐一会儿，又站起来张望，耳尖子直直的，眼珠子发出绿莹莹的闪光。不好，它可能要开扑了，狼的本事就是一扑三撕。老狼弓了弓腰，昂起了头，这时，我对准它前胸，把标枪狠狠地刺了过去。

老狼弹了一下，我不晓得刺中它要害没有，只见它跟跄了一下，弓起身子就要开扑。这时，我害怕死了，生怕它跳起来撕我。可我脑子里又有一个声音在喊：为有牺牲多壮志。下定决心，不怕牺牲……不知道从哪里突然来了一股力量，就是这种力量推着我，腾一下子扑了下去……

（这一段是笔杆子帮我改的，狼没扑，我扑了……）

我像一把铁锤，重重地锤在狼背上，狼腰凹了一下，又挺起来，狼头一摆，满嘴獠牙正对着我。我来不及想，砍刀直接塞进狼嘴，趁狼头摆动，用力在它嘴里搅了两圈，血喷了我一脸。这时，一只前爪伸向我大腿，我取出刀，顺势一刀下去。老狼发怒了，几只爪子撑着腰连抖，想把我拱下去。没门，我使出全身力气，用屁股在狼腰上狠狠一坐，咔嚓一声，把老狼放倒了。我用手和刀背狠狠锤，直到老狼不出气了，我才停下来，眼睛一黑，瘫倒在一边。

不晓得过了多久，我醒了，看见身边的死狼，我又赶紧爬进窝棚，两个孩子都被吓傻了，不哭，也不会叫，呆呆地望着我。

两个孩子得救了，这是我应该做的。事后领导和同志们对我这么重视，让我进城演讲，批准我加入民兵队伍，还发枪给我。

今后，我要更加努力，时刻想着为人民服务，紧握钢枪，勇擒豺狼。

最后，我还要声明一下，听说有人怀疑，认为一个女人不可能打得死一头老狼。我要拿山里人的良心担保，我确实打死了一头老狼，救了两个孩子，就因为这，我们小雷湾还被群狼围了好几夜，它们要报仇呢。不信可以去问，那头老狼被我男人做成了狼模子，就放在家里，想见识的，欢迎来我家参观。

演讲稿的背面，写着一句话：斧头说那头老狼是皮皮的狼妈，我不信，那是猜的。

看完演讲稿，我觉得这泛黄的稿纸，是文物，是宝，英子奶奶的事迹和她手写的真迹，太重要，太有价值了。

"英子奶奶，因为演讲到的武汉吗？"我想，如果不是那头老狼，她也许一辈子只能是一个默默无闻的、勤劳的山野农妇，最远只可能走到镇上。

斧头爷说："是呀，演讲，不光武汉，到过好些地方，一出去就是三四个月呢。出去时还是个无嘴的葫芦，回来就成了诤板（即善讲能说会煸乎）……"

榔头说："我妈那时候可厉害了，一张嘴溜溜不停，连稿子都不要。在小学里、大队部、田间地头随时随地讲。讲着讲着就讲变了，人也讲没了……"

斧头爷横一眼榔头："说啥呢，你妈是英雄，不易。"

不清楚英子奶奶发生了什么变故，即使有变故，也抹杀不了她的英雄形象，我想。

后来，我从村里人道听途说，得知了英子奶奶后来故事的来龙去脉，心里唏嘘不已，也很惋惜。

英子奶奶回到村里，当上了民兵排长，背着钢枪演讲，神气威武，人人见了眼里放光，羡慕得不得了。

头两年，外村、外区，包括外县隔三岔五来请她去，远远近近都晓得小雷湾有个打狼英雄。英子也以小雷湾自豪，张嘴闭嘴"我是英子，小雷湾的"。

英子奶奶那次在外巡回讲了很久，兴冲冲地回来，一进村口被大伙围住了。"英子，你总算回来了哇……"

我仿佛看见，英子奶奶笑眯眯地挥着手，乐呵呵地问："一个月没见，想死我了吧？没听到我演讲，欠得慌，我晓得。都说我讲话的水平渐长，一路上，到哪儿都是巴掌不断，我就不急着回家了，先在这给你们讲讲……"

"还讲呀？英子，你打狼倒是风光，全村跟着担惊受怕，晓得不……"抱怨声四起。

"怕啥？你们说，老狼是不是我打死的？它要吃娃子，该不该打？你们娃子要是被狼吃了，咋活？"英子理直气壮地反问。

"你把狼招惹来了，神出鬼没的，吓死人，你不在村里，不晓得，我们躲都躲不及。"

"你们怕狼，我不怕。告诉我在哪儿，我去打。"英子奶奶抖着手里的钢枪。

"在哪儿？东坡的，田凹的，榆树下，场院上，谁晓得它们啥时候从哪儿冒出来……"

英子奶奶提着枪，村里村外，山上山下找。"狼呢，在哪儿呀？莫说没影子，我连狼气味都没闻到，它出来了，蹄印子总该留下吧！"

村里平静了一段时间。没过多久，突然又有人喊狼来了，东家说在苞谷地看见过，西家说在菜园子有狼爪子印。

"独有英雄驱虎豹，更无豪杰怕熊掌……"英子组织大家演讲，"有领导送我的这两句话，浑身是胆雄赳赳，大伙该做啥做啥，狼的事，就交给我了……"

三、绿树屋

英子奶奶站在村头，演讲打狼的故事，讲得眉飞色舞。一晃，她又出现在山坡上，喊狼："有种，你给我出来，莫吓旁人，英子一人做事一人当。"

我真的难以相信，狼，彻底改变了英子奶奶的命运。

晌午了，家家忙着吃饭，斧头爷回到家里，看到厨房冷火秋烟，他气冲冲跑到村口，扯起英子就走。英子袖子一摆说："我在演讲。"斧头爷眼睛一瞥说："演讲当饭吃，能饱肚子？"英子理直气壮："演讲鼓劲，壮胆，狼还敢不敢来？我回来就没影了吧。"

"你就作吧，狼，魔怔了你。"斧头爷和英子奶奶吵起来了。

"哎哟，你们可是公认的好夫妻呀，为狼吵架，不值!"大伙儿都劝斧头爷,英子正在兴头上,是有些魔怔,随她去,过了劲儿就好了。

"大伙儿散了,散了。英子,快回家弄饭去,吃了饭我们再听你演。"大伙儿劝英子,有的是时间演讲,不在这一会儿,一窝蜂都走开了。

大家都弄不明白,勤劳善良的英子奶奶,咋会说变就变了个人。村里人说,多要强的一个女人哦,就这样子,对操持家务不再像往日上心了,关键是不听劝,家里菜地荒了,猪瘦了,人也变得疲沓了,有时还较真,认死理。慢慢地,人们都躲着她走,万一躲不开碰上了,就打哈哈:"英子,我忙,不得闲听你讲哈⋯⋯""英子上山呐,见到狼没?"

斧头爷心里不是滋味,劝英子说:"你莫再闹腾了,老狼不是你打死的,真的不是。"

"咋不是?我一标刺过去,又一猛子扑下去,砍刀砍它的嘴,剁腿⋯⋯它要吃娃子,我不打死它。"

"那也不一定是要吃娃子。皮皮跑窝棚里了,它不兴找皮皮,皮皮要是它的崽呢?这可说不定。"

"啥?它会是⋯⋯你说我打死了皮皮的娘亲。"英子急了,反反复复地拍头捶胸,没完没了地唠叨。

斧头爷轻飘飘的几句话,给英子奶奶造成了巨大的伤害,英子奶奶就像喝了啥迷魂汤一样,做事疯疯狂狂,说话颠三倒四,上山越来越勤,逮谁向谁诉说的欲望更强。

黄昏时分，斜阳散发着余晖，斧头爷坐在偏所的门槛上，心爱的旱烟袋捏在手中，一口也没吧嗒，两眼茫然地望着明晃晃的太阳，目光从身旁射向狼模，仿佛和狼模一样成了雕像。

我细心地观察着狼模，感觉在它身上还有不少疑点，明显与英子奶奶和村里人描述的不大一样。英子奶奶用刀砍过老狼前爪，可现在狼模前后四个爪都一个样，虽然爪尖秃噜、爪指头断裂，却并没有刀痕。我一点点地抚摸着狼模的前胸和后背，不放过任何一个细微的斑点，就是找不到木标刺破皮肤的残口，即使缝合得再好，也该有线头针脚呀？没有，根本没有破过缝过的地方。

"斧头爷，这狼腿没被砍过，爪尖也不像被刀砍过的呀？"斧头爷没有回答我的问话，陷入了深深的思考。

"奇怪了，这狼模，难道不是英子奶奶打死的那只？我猜不是。"我大胆地猜疑着。

榔头爹见半天没回音，在院子里答话："咋不是呀，就打死过一只狼。爹，你说是吧，人家客人问话，你也不理。"

"哦，哦。"斧头爷回过神来，不好意思地朝我应了两声。

我也有些歉意，朝斧头爷呵呵笑了两声："斧头爷，您肯定有啥绝活儿吧。这狼皮完好无损，像没动过刀子、

第三章 英雄

75

没剥过一样。"

"嘿嘿嘿，真叫你说对了，我压根没在它皮上动过刀子。"斧头爷有些自豪。

我瞪大双眼，奇怪地望着斧头爷："那狼皮……"

"想知道狼皮是咋剥下来的，对吧，你猜猜看？"斧头爷卖了个关子，神秘地望着我，"告诉你吧，那狼嘴稀乱，我就是从嘴入手，从脑瓜子往下，一点点地挎着扯着剥下来的。还告诉你吧，那嘴也不是刀砍乱的，是它自己要么是吃啥子毒东西烂坏的，要么是咬到了土炸弹，被炸坏的。土炸弹的可能性大，我们这里有猎户喜欢用它炸猪獾子……"

我猜想，英子奶奶打死的，很有可能是一头烂了嘴、没有牙、失去反击能力的老狼。

斧头爷的猜想跟我一样，当年的记忆，深刻而清晰地印在他脑子里。"告诉你吧，那群狼离开村子以后，我把狼模子扛回家，才想起堆在柴房里的狼身子来。我剁下狼头，想看看吃人的狼牙究竟长啥样，可狼嘴里没有牙，没牙它吃啥呢？我从狼胸拉开一条口子，发现狼的胃里、肠子里全是青草、根叶，还有土。我当时想，这家伙肯定很久没沾过肉腥子了，肚子里连一点肉末和油腥味都没有，看来它的嘴已经烂得不能撕咬肉食，只能刨着拱着吃，勉强维持生命。我先前还不大确定，就上山到榆榔树下去找，周围都找遍了，没有发现一颗狼牙……一头被饥饿和伤残折磨得快死的狼，它跑到树窝棚，想来干啥呢……"

斧头爷的回忆，开启了我的脑洞。榔头爹说当时看见皮皮出现过，是跑到窝棚附近不见的。那么，老狼会不会有可能是追寻着皮皮找来的呢？真是这样，它跟皮皮又是啥关系，以至不顾自己的性命去靠近人类。难道真像斧头爷说的，它是皮皮的生母？对呀，完全有这种可能，在那场火灾中，它们母子彼此分开了，斧头爷救下了小狼崽。母狼在生命的尽头，仍思念着自己的后代，这也是合乎情理的。

走出偏所，远山的残日像一滴滴血洒落在树叶上，林海中闪现出这样一幅景象：

英子奶奶站在高大的榆榔树上，一只脚踩着树杈，一只脚蹬着八月榨藤条。她黝黑的脸膛被太阳映照得闪闪发光。树下木垛子窝棚边，坐着虎子和榔头，抢吃着英子奶奶甩下来的八月榨。他们欢喜得像八月榨一样，笑得合不拢嘴。英子奶奶无意间发觉丛林中扫过一道阴影，抬眼望去，一头老狼正从密林中向窝棚而来。老狼好像很狡猾，没有奔跑，而是警惕地走走、停停、望望。老狼离窝棚越来越近，连浓重的喘息声都能听得到。这时，它坐了下来，也许是累了，也许是在积蓄力量，准备一跃而起，来个迅雷不及掩耳的突然袭击。总之老狼停住了，两只前爪在地上刨了刨，嘴和鼻子好像在嗅气味。不大一会儿，老狼又站了起来，抖了抖身子，望着窝棚，两只前爪扬了起来。不好，它要开扑咬人了。英子奶奶瞟了两个孩子一眼，双手握着标枪，瞄准老狼狠狠地投了过去，木标枪深深地扎进了老狼面前的泥土中。这时，英子像老鹰扑食一般从树上飞了下来，坐在狼背上，狼口里跟着喷出一口鲜血，与残阳混为一体，染红了英子的全身……

斧头爷长长地叹了一口气："怪我呀，我后悔怎么就会冒出来那么个古怪的假想？千不该万不该，偏偏对她说出了我的猜测和验证，结果活活地害了她。"

我在想，英子奶奶要是一直活在打狼英雄的光环里，那该多好啊。可是，人们的疏离、白眼和冷嘲热讽，丈夫的劝阻、推测和证明，把她推进了无法沉默的苦海，于是，她便在这苦海里彷徨呐喊。

"那老狼要吃孩子，我该不该打……""可笑，说老狼是皮皮的娘亲，睁着眼睛说瞎话，骗三岁孩子呀……""哦，哦，我该死，把皮皮的老娘打死了……"

英子奶奶变得神经质了，从拉着人说变成躲着人走，三天两头离家出走，跑到山上窝棚里给老狼烧纸、作揖。她溜溜转的大眼睛呆滞了，打死狼的身子骨瘦得像麻秆，走路也明显地拖沓踉跄起来，先前那个精明能干的英子消失了。

村里担心出事，把她的钢枪也收了，交给武装部保管。收枪那天，英子和人又吵又打，说枪是组织上奖给她的，说啥都不交。斧头爷只得仿照 65 式半自动，为她做了一杆木枪，安上了机关，涂上漆。长长的刺刀亮亮的，跟奖励的枪分不出两样。

英子奶奶只要背着仿制的枪上山，就跟先前一样精神。渐渐地她把山上的树窝棚当成了家，地上的窝棚太低，望不远，她又用木头在榆椰树的半中腰搭起一个简易窝棚子，用来睡觉和瞭望。山下的人们时不时能听到她的喊叫："狼来了，狼来了啰……东边山头上，有狼。黄家的，你们后坡上有狼……"

不知怎的，我忽然想到了课本上鲁迅的文章中的人物——祥林嫂。英子奶奶不仅和祥林嫂一样都有被狼折磨的经历，而且她为了狼，还过起了树上的野人生活，最终死在绿树屋里。

我决定去看看英子奶奶的绿树屋，再到她坟头烧几张纸。喊山魂的那个早晨，我差点在那上面拉屎撒尿，想起来就是罪过。

河狼和我来到山上时，天上下起了小雨，我打算在地窝棚避雨，河狼不肯，扯过树上的藤条说："看着，等我上去了拉你。"我们坐在树上的棚子里，里面铺着稻草和棕叶垫子，看上去是经过精心装饰而成，跟一间屋子没什么区别。我感到很新鲜，也很舒适，对河狼称赞说："你奶奶真能干，修这么好的木屋，不光遮风挡雨还能欣赏风景。"河狼说："奶奶只搭了个架子起来，是爷爷帮她修的，木匠嘛，所以修得好，结实耐用。奶奶走几十年了，爷爷隔年还要来维修一下，不然也维持不了这么久。"

"听说你们乡下，人死了不是都要进祖坟嘛，你奶奶咋埋这里……"我望着树下孤零零的土包，突然冒出这个问题来。

"我奶奶自己要埋在这里的。奶奶跟爷爷说，她习惯了在山上住绿树屋子，就不下山了。等老了，就埋这里，不进祖坟，也不许打代思（守孝丧俗中打夜锣鼓）闹丧，免得惊到了村子里的鸟和兽。奶奶死后，爷爷就把她葬在了这，也没打代思，带着大伯和我爹，在坟旁点了三堆柴火，守了三夜。后来，传说皮皮也在坟上守了一段时间，人们夜里听到了叫声，我信又不信，上山做头七时，仔细地到处寻找，确实找到了狼爪子印。"

我坐在绿树屋子里，听着林海里的风声雨声，想了很多很多……

第四章　奇战

一、人狼游击战

"吃过早饭罢，下得搁不下。"（农谚，指早饭后雨会越下越大，一时半会儿停不下来）斧头爷望着远山说："看这天气，雨一时半会儿停不下来，山是上不了了，就在屋里歇歇吧。"

一连上山跑了好几天，听爷爷劝说休息，河狼有些兴奋："好，好。乔桥，你教我打游戏，通关。"

泡泡不知道是高兴还是不高兴，对着我们汪汪汪叫。

"就你那技术，咋通关呐，啥啥都不懂，还没几下子就死翘翘，趴窝了。"我对河狼打游戏的技术不敢恭维，刚刚接触几回，实在不是强项。

"有了，打狼，我肯定比你强，不信我俩试试。"河狼谈到狼，来了精神。

"打狼，好哇。"我打开平板，调出战狼软件。

"这狼咋上树了？飞的呀，又没翅膀……呵呵，狼跳大海里去了，当上了水手……咋还开上军舰了哇？跟飞机一起飞上天了！呀呀呀，坐着降落伞下来了，这是啥狼呀！"河狼惊叹得嗷嗷叫。

"啥狼？战狼呀。以为跟你河狼一样。"我操控着界面，指挥河狼与战狼大战。

狼，一头怪模怪样的狼，四肢像蜘蛛一样，细长细长的腿，张着血盆大口，从绿树林中傲慢地走了出来。"开枪，快，点射，瞄准头。"

河狼扣动了扳机，砰，砰，一团火光。狼头猛地一扬，长长的红舌头一卷，把子弹卷了进去，嘴跟着合拢了。它身子起伏了一下，尾巴突然高高地翘了起来，砰一声巨响，打了一个雾蒙蒙的响屁，一溜烟，没了踪影。

"狼呢，狼呢？"河狼大呼小叫地找狼。

"狼呀，在那机匣子里，就跟在山林子里一样，它要成心跟你捉迷藏，你能找得到？"斧头爷冲我眨着眼睛。

榔头接过话茬："那倒是。老娘走了以后，狼山上天天有狼叫，大哥在山上转悠了一个多月，连狼毛都没见着，他一下山，狼又在山上叫。还有打狼队，见是见到狼了，但那枪像柴火棍，只冒火星子，就是打不到狼。狼鼻子狼耳朵，还有狼眼睛，都比人灵光。"

原来，英子奶奶死后，大头把怨气都撒到了他爹头上，动不动就拿眼狠狠地剜着斧头爷："你听听，我妈死了，它们多高兴，那哪是狼叫哇？是狼在笑，笑妈傻，笑我们胆小，都怪你，捡回来一头狼……"

榔头劝哥哥说："咋能怨爹呢。"

"怨谁？不怨爹怨你，你那夜不把爹叫醒，早晨起来熬汤吃肉，会有后来的麻烦？"说着说着，兄弟两个打了起来。

大头哥憋屈，跑上山找狼算账，找来找去，只听狼叫，不见狼影，更加气愤，跑下山，找村里要枪。

"要枪？枪支严管，上交了还要得回来？"我望着斧头爷，不相信英子奶奶的枪能物归原主。

"我们老大还真有狼气，硬的不行就来软的，赖到民兵连长邓田鸡家，赖吃赖磨。"斧头爷看着我说："老大要枪做啥？打狼呀。想不到枪没要到，可那句激将话起了作用：没枪也行，你们弄个猎队，把狼灭了。"

打狼队是在村部门前大花栎树下成立的。梢枪（指猎队出山前试枪校枪，也是一种仪式）时，枪口的喷火一团一团的，把大花栎树都染红了，青烟像移乌云坨子，盖住了大树对面整个山梁。民兵连长邓田鸡手指狼山，慷慨激昂地说："好些年好多代了，那山上的狼与我们村里人相交无事，可近些年，不晓得因啥，它们疯了，与我们为敌，先是稀乎吃掉大虎子和斧头家的老二，接下来又逼疯了，不对，是逼死了英子。现在，它们更猖狂，天天在山上叫唤，笑话我们雷村人，大家说可不可恶！气死人呐，羞死个先人，不消灭它们能行吗？有人说，它们狡猾，再狡猾的狐狸能斗过猎人吗？不怕，我们成立打猎队，就是要与它们斗，与天斗，其乐无穷，与地斗其乐无穷，与狼斗更加其乐无穷。我身上背的是英子的半自动，你们有的是火铳、鸟枪。没关系，都把枪药装足了，枪子儿多装些，枪精整油光了，只要露头，我们就叫它有来无回……"

"嗷——嗷嗷嗷——"就在邓连长讲得正起劲的时候，狼山上突然爆发出一阵阵的狼嚎，像示威似的，与打猎队叫上了板。

循着嚎叫声，打猎队上了狼山。邓连长根据山势、狼道和火力强弱，把队员们分布在各个点位坐好了点，然后，吩咐赶仗（一种围猎方式）四处吆喝。真是奇怪，坐点大半天了，山上除了赶仗的吆喝声，竟没听到一声狼叫。

金狗子赶累了，口也喊渴了，躺在一块大石头上休息。听见邓连长喊他："金狗子，没狼叫也没狼影子吗？看到影子赶紧报点哦。"

鬼影子，连只爪印子都没见到。金狗子在心里骂，狼，鬼尖鬼尖的，想打它？正骂着，一骨碌滚下岩石，眼前突然一晃，仔细一看，是一头狼，"嗖"地跑了。金狗子嘴里大骂："狼子野心，想偷吃我呀。"邓连长急问：

"咋了狗子？"

"狼，往山上，往榔树去了。"金狗子惊魂未定，结结巴巴地说。

"各点位打起精神，狼出来了！"邓连长兴奋地喊。

金狗子寻着一闪一闪的狼影子，一会儿往东，一会儿往西，来来回回地转，反反复复地吆喝。可狼实在是太狡猾了，牵着他打转转，就是不上套，急得他火冒三丈，拼了命地靠近追。追着追着，金狗子突然脑袋一炸：前方不远处，立着三匹狼，瞪着绿莹莹的眼珠子，血盆大口喷着热气。金狗子害怕了，后悔不该跟得太近，现在随时都有被吃掉的危险，吓得连大气都出不来，进不得退不了。他背靠着树，与狼对视着，不知过了多久，忽然想起狼不会上树，便转身爬上了树顶，喘了喘气，定下神来，然后使出仅有的力气，哭喊起来："连长，狼！三头！我活不成了！"

"你在哪儿？狼在哪儿？我这就过来！"

"我在树上，狼围着树哇！完了，我死定了，快救我呀！"金狗子绝望地恳求连长相救。

"金狗子，不怕。砍树枝，削尖，往下扎，只要它们咬不断树，就有救，我马上就到了！"

连长赶到时，三头狼分别向三个方向跑了，每个方向都传出几声嚎叫，然后就没了动静。各点位猎人直坐到黄昏，也没见到狼的踪影。就在猎队收枪打算下山时，在狼山对面的东山坡，却传来了有一声无一声的狼嚎。

一连几天，猎队出山、收山，都能听到狼叫，但等进山布好点后，它们就无声无息。有时，队员在深山发现狼影，等追过去，狼却在村边浅山出现，你刚赶到南山，它们又跑到了北山。狼搞精了，像游魂，神出鬼没的，枪一响，没了，枪一停，嗷一声飞跑，弄得打猎队垂头丧气。

太可恶了，打狼队被狼骗得团团转。"跟我们捉迷藏，这可不行，"邓田鸡召集大家商量对策，"狼狡猾，我们笨吗？敌变我变，把蹲死点、守株待兔，改成流动点、主动出击，打游击战。它们不是跑得快，躲得严吗？我们就缩小包围圈，小范围地寻找。短距离围堵，它们不是玩单个游戏吗？我们也化整为零，实行单打独斗，一处锁定目标，各点火速增援。它们搞精了，晓得我们白天出门，那就改变套路，白天找它们老巢，晚上守点，等它们回来……"

我们在屋里听斧头爷和榔头爹讲打狼游击战的故事，很有点抗日的味道。不知不觉，雨早停了，直到太阳照进门里，才发现天气也在和我们打游击战。

"斧头爷，这天变晴了，我们主动出击吧。"我想见识见识狼窝会在哪里，斧头爷父子是不是哄骗我。

"出击？你也想去打狼呀，这可不行。"

"我想去打狼队守的狼窝找找感觉，您说得那么精彩，好悬乎好神秘，我回城了也好炫耀炫耀。"

我们一连爬过了十几个岩壳，岩壳上面长着大树，岩边上也长着稀疏的小树，下面是陡峭的悬岩。刚下过雨，大树上下都是湿淋淋的，中间靠岩根的半边都是干的，可容纳两三个人通过，高处有两米多，低处只能弓身而行。我有些怀疑，这里会是狼窝？

"猎人蹲岩树上呀，见到猎物跳下来，枪一横，逃都没处逃。"斧头爷讲得很自信。

我们爬了几道岩壳，又钻了好几个山洞。岩洞里有树叶、干草和一些杂物，不像狼窝，倒像是住人的地方。斧头爷说："这洞呀，狼住，獐子麂子住，猎人也住。"

好隐蔽的一个洞呀。我们最后来到一个半山腰，在一片乱竹林掩盖的岩石下，发现了一个不大的洞口。进了洞，里面却是一片宽大的天地。斧头爷说，就是这个洞，老狼窝，猎队和老狼在这里较量了好几天，难分胜负。

那天，邓连长巡到这里，认定是个狼窝，不止一只，而是一群狼的窝。他吩咐金狗子下山带足了干粮，晚上猎队全部住进岩洞，不生火，不出声，静等老狼回巢。但快到后半夜了，一只狼都没出现，猎人一个个饿得肚子咕咕叫，要生火做饭，被邓连长制止了："等，我就不信，它们魂游一天，不累。"

……两道绿光，隐约晃动，射进了岩洞。绿光弯弯曲曲的，左右摇摆，头狼快要进洞了，后面跟着一路绿灯，远远近近，像萤火虫一眨一眨的。邓田鸡吩咐大家一字排开，端着枪，屏住呼吸，手指搭在扳机上，只等群狼进洞后，近距离开火。

金狗子见过那绿光，阴森森的，十分可怕，吓得浑身哆嗦着，上下牙齿叮叮叮磕碰，邓田鸡拍了他一巴掌："狗子，稳住。"

谁知这一巴掌下去，拍出一个惊天动地的响屁来，金狗子上下通畅地叫了一声。

这时，洞口嗷一声吼了起来，闪动的绿光跟着消失了。紧接着，岩洞外爆发出震耳欲聋的嚎叫，把空洞的岩洞和空旷的山野，衬得毛骨悚然。

群狼守住了洞口，猎狼队出不了洞，又无法袭击目标，只得隔一会儿朝外空放几枪，一来壮胆，二来想把狼吓跑。可群狼无动于衷，隔一阵就朝洞内吼叫一声，吼饿了轮流换班，大口大口吞食捕来的食物。

洞内准备的吃食不多，一天一夜就吃完了，枪药也禁不住消耗，没有枪火壮胆，队员们不晓得能不能支撑下去。大家抱怨连长，说好的游击战，你偏要赖在人家老窝里，这下好了，不饿死也得被吓死，最后喂狼。

"坚持，看谁熬得过谁？"邓田鸡火了，"少说话，把力气留着，拼命时见分晓。"

就这样，洞里洞外，人与狼，整整对峙了两天三夜。

第三天上午，洞外小鸟叽叽喳喳的叫声传进了洞里，打狼队员从地上爬起来，已经听不见狼的叫声，狼熬不住了，跑了吗？邓田鸡爬到洞口，朝密林里放了一枪，惊得一群群山雀子扑棱棱乱飞。"狼没了。杂种，还是比人少点狼气。都给我出来，下山。"

"该不会躲在哪儿，半道上报复我们吧。"队员们心里胆怯，犹豫着不肯迈步。

"早跑没影了。你们以为它们不怕人呐，跑了好，我们本来也不是要消灭它们，跑得远远的，就别再回来了。"邓田鸡心里松了一口气，望着榆榔树方向说："英子，这下你该放心了，你老大也不用为狼游魂了。"

和河狼陪斧头爷走出狼窝岩洞，我心里突然产生了一个奇怪的想法：那一大群狼，如果一直守着洞口不跑，后来会怎么样呢……

二、猪狼夜袭战

发生在猪狼洼的猪狼夜袭战，既神秘又神奇，既惊险又刺激，我憋足劲，要上猪狼洼去，想亲身睡一睡守野猪的窝棚，渴望能目睹到那惊险的一幕。

斧头爷准备了一些过夜的东西，我们带着泡泡上山了。

猪狼洼与狼山遥遥相望，两山最大的不同是，猪狼洼有一口很大的猪狼泉，潺潺泉水流到山脚，形成了哗啦啦阴森潮湿的峡谷。虽然此时是阳光灿烂的下午，满峡谷却飘浮着浓浓的雾气。

一进洼口，斧头爷就唱了起来："早晨出来雾沉沉，只听锣鼓不见人，双手拨开云和雾，一阵锣鼓一层人……"

山上哪儿来的锣鼓，还一层层人。我有些好奇，也不理解。

斧头爷解释说这是"薅草锣鼓歌"。前些年大生产，人多，大家一字排开薅草。人在苞谷林中间，看不见别人，只能听锣鼓歌鼓劲。后来山地都到户了，野猪也跟着猖狂了。

"这都大晚半晌儿了，还早晨呀。"河狼对我说，"乔桥，爷爷唱得不确切，你听我的锣鼓号子——"

太阳落山。哟嗬哟嗬哟——
一碗金啰。咚咚咚咚咚
收山卖粮。哟嗬哟嗬哟——
买欢心啰。咚咚咚咚咚

我清清楚楚地听见，比河狼唱得更响亮的锣鼓号子，从森林似的苞谷林里传出来。东坡西坡，山上山下，连成一片，那是薅草人喊的，寻眼望去，却不见人影。

"咚咚咚咚咚……哟嗬哟嗬哟……"号子扯得很长，像刮来刮去的风，刮得苞谷秆子摇曳不定。我发现，每根秆子上都结着好几个长长的坨坨。坨尖飘动着可爱的长须，黄、红、白、黑，各不相同，像戏台上的美须公，好看极了。

我欣赏着苞谷坨坨上的各色美须，这时，泡泡突然汪汪大叫，原来是有几只小动物跑动，泡泡跟着追了上去。我嘴里喊着泡泡回来，身子却直往前冲，踩得苞谷秆子咔嚓咔嚓作响。斧头爷追着喊："这是旁人家的苞谷地，莫跑，危险。"

越喊，泡泡冲得越快，叫得越欢。直到跑出苞谷地的山梁边，泡泡停了下来，围着一只野兔子狂叫。野兔的半个身子被一只像锯齿样的铁夹子夹着。斧头爷踩着夹子取出了野兔，指着山梁说："那里都藏着老虎夹子，防野猪用的，可不能乱跑。地里就算没有夹子，也不能跑的。"

"知道，地里一跑，就像野猪祸害苞谷，一断一片。乔桥不是不晓得嘛，爷爷，你就莫多说了，留着精神讲猪狼大战吧。"河狼向泡泡伸出大拇指："泡泡你追兔子有功，晚上奖励你。狼追野猪，可没得那么好，该它们受罚。"

我终于知道，猪狼大战打响前，是有序曲的。一开始，有只野猪带着几只猪崽，夜里出来找嫩浆苞谷当奶吃，吃饱了就回山林。一晚上也就只一家的一小块地受到损失，这样过了上十天，也就吃到过十来家，损失都不大，也就没有引起家家重视。一天夜里，山上来了一只狼，是狼王派出来侦察的狼。它发现这群野猪来苞谷地像走亲戚，混饱了肚子就客气地走了，它追着转了一圈，母猪带着小猪在狼叫声中哼哼乱转，苞谷秆子跟着叫声叭叭倒地。这只侦察狼把侦察的情况报告了狼王。

后来，不知打哪儿跑出来一群一群的野猪，夜夜偷袭猪狼洼。一个晚上，一山洼一山洼的苞谷，就被糟蹋完了。再后来，野猪越来越多，像天兵天将，满山横冲直撞，一会儿跑上山梁，眨眼间，又一窝蜂返回苞谷地。野猪声嘶力竭地嚎叫，与山梁上的狼吼声，连成一气，听得守窝棚的人浑身发毛。从此以后，家家都在自己地边安放老虎夹子，一不留神，就会踏入陷阱。

我们不敢走山梁，沿着洼地苞谷林穿行。林地里不时有小动物冒出来，河狼像城里公交车报站一样，沿途介绍：炎毛鼠、毛狗子、地处溜、白迷子、绿刺猬……走到一块岩石前，泡泡突然挣脱了我手上的牵引绳，汪汪汪地往岩壳里跑。我一抬眼，看见岩壳下坐着一只花脸动物，笑眯眯地望着我们。"啊，貂。"我脱口而出。

"哪儿来貂呀，是狐狸，狐狸不怕锣。"河狼追着扯住了狗绳，又拉着我胳膊，生怕我去招惹狐狸。他说："这是花狐狸，可狡猾了，精得像贼。看你喜欢，它会对你笑，哄你，你生气了，它会对你哭，伤心得叫你难过。你上当了，它就带着你满世界转，直到把你转迷糊了，才收拾你。我们都叫它山混子，被山混子缠上就没命了。"

我们终于来到了山顶。斧头爷不愧是木匠，守野猪的窝棚也搭建得像精致小巧的祖传老房屋。棚里角角落落挂放着锅碗瓢盆，门口放着一口存满水的水缸，上面盖着一个斗笠，水缸一侧立着一个巨大的木桶。河狼说：

"爷爷农忙时忙不过来，就住在山上，收了苞谷存在桶里，闲了时，一点点再往山下搬。"

棚屋边长着豆角、茄子和黄瓜，斧头爷各样摘了一点，又挖了一堆红薯，然后提着野兔去泉水边剥皮。

吃着烤野兔，和山顶上鲜嫩得冒汁的蔬菜，我感到这些食物从未有过的好吃和滑溜爽口。边吃边听斧头爷讲猪狼战的故事，更加津津有味。我在心里想，啥叫不虚此行，这才算是，如果夜里再碰上奇遇，那就更刺激，更有意思了。

棚顶紧靠一棵板栗树，上面长满了毛栗子，我们用竹竿打了一地。旁边是一棵柿子树，树上挂着红彤彤的柿子，像过年小区树上挂着的红灯笼，在夜色里红得耀眼。斧头爷不知从哪里又弄来一大兜子枣子，这个山顶真是物资丰富，太有趣了，令我终生难忘。

下山的太阳，正如斧头爷唱的那样子，像一盆黄灿灿的金子，架在远处的山梁上，稳稳当当地，发着闪闪的光芒。不知何时，趁我稍没留意，那盆金坨子就悄无声息地滚进了山林。接着，小鸟叽叽喳喳叫了一阵，天就黑了下来。

斧头爷变戏法似的撬开地窖，从里面取出核桃、板栗、松果，还有几截敲得叮当响的银炭，然后，斧头爷生火把银炭点燃，为我们烧烤山货。后来我才知道，这堆火不光为哄我们快乐地度过长夜，更是为了防止野兽袭击。

河狼不知何时爬上了窝棚二楼，突然扯开嗓子喊起了号子：

> 月亮出来。哟嗬哟嗬哟——
> 一碗银啰。咚咚咚咚咚
> 今晚窝棚。哟嗬哟嗬哟——
> 迎贵宾啰。咚咚咚咚咚

对面山洼的窝棚中传出了笑声："你这河里的狼，进了山窝棚，就成贵宾了？"

"哈哈哈。"斧头爷爽朗地大笑了一气。"牛家兄弟，搞错了，你有所不知呀，我们家的贵客，乔桥，今晚守窝棚，这还不是贵宾呐。"

我坐在二楼床上，看见月亮离得真近呀，像悬在窝棚的树梢上，一伸手就能抓到。城里几十层的楼房，为什么就和月亮离得那么远呢？我在心里想，难道山里的月亮跟人亲近些么，它是不是想和我们交朋友呢？

河狼和我都很兴奋，吃着说着，一点瞌睡都没有，时不时唤两声泡泡，生怕它睡着了，错过了提醒我们。斧头爷一遍又一遍催我们："快睡，早点睡，狼耳朵和猪鼻子都尖，你俩一个劲儿地说话，有狼也被吵跑了。再说，野猪都是后半夜才出来溜达的。"

是的，必须养足精神，我在渴望猪狼战的憧憬中不知不觉地进入了梦乡。

斧头爷的声音在耳边回响。大秋天，地里苞谷坨子长势喜人，棒槌样圆滚滚的，像娃子的腿一样稚嫩。眼看丰收在望，不晓得打哪儿冒出来一窝又一窝野猪，专挑后半夜出来找食吃。那庄稼长势再好，也抵不住野猪折腾。庄稼人谁不心疼，那是活命的希望哦。

好大几面山的苞谷地，茂盛得像森林公园。

好大一群野猪，大摇大摆地闯进了茂盛的"森林公园"。它们像是一个大家族，四处游逛，老老少少不时打闹嬉戏，兴高采烈地你追我我拱你。也许是闹够了，它们想起来要吃东西。一只长着长长獠牙的种猪抬起笨重的蹄爪子，照着苞谷秆子一棵棵地咔咔咔踩，一踩一大片，又用獠牙和前爪，掰下一个个壮实的苞谷坨子，踢给小猪崽。大大小小的野猪都吃开了，刚开始，它们把一个个坨子啃得精光，接下来可能是吃腻了或者是吃饱了，挑挑剔剔地，啃一两口就丢了，又换下一个。

野猪一家老小都吃好了，有的打起了饱嗝，有的躺在苞谷秆子上，发出了鼾声。鼾声很大，被山梁上的值班狼听见了，冲下来，对着野猪一家老小嗥叫。种猪领着家族往山梁疯跑，刚上山梁，发现梁上的狼群比猪还多，"呼"一声又带头跑回苞谷林子。

这时，其他几道山梁上也出现了一群群野猪。狼王指挥着，将一路路群猪从不同方向赶进了苞谷地。群猪吃饱了，要离开，在山梁一露头，就被站岗的狼挡住了去路，只得乖乖地又返回来。

我看见有两只胆大的野猪，狡猾地避开岗哨，悄悄地逃跑了，可出逃没多远，就被几只巡逻狼给赶了回来，被甩在显眼的山梁上。其他猪群见状，再也不敢妄动。

原来，这群狼是狼山上被猎人端了山洞老巢的狼子狼孙。那些年人们有枪，它们不敢回窝，过了这么多年，枪收了，猎人没有了，它们胆子也大了。其实，这群狼并不算多，连狼王在内，一共七只。在那个疯狂的夜晚，守窝棚的许大棒槌目睹了这七匹狼是怎样征服上百头野猪，又怎样使它们变成祸害乡民的恶魔的。

令人怎么也想不到，这群狼竟然把其他地方的散猪，一只只都收集成群，然后，又一群群逼到了猪狼洼，在这里上演了一场猪狼夜袭大战。

"狼，野猪。斧头爷，我看见了，七头狼，好多野猪，它们在践踏苞谷。"我被叫声惊醒了，一屁股坐了起来，眼前河狼紧紧抱着我，怕我摔下窝棚。斧头爷在窝棚下面喊："乔桥，不怕，你是白天想多了，晚上做噩梦了。"

苞谷地静悄悄的，好像在月亮下睡着了。我感到脸上好难受，伸手一摸，水淋淋的。河狼说是夜里露水飘进了窝棚，我心里清楚，其实是我的汗水。

泡泡跳出窝棚，望着我一声声关心地大叫。泡泡的叫声把山林叫醒了，鸟兽一声赶一声地跟着叫了起来，我似乎听到了其中的狼吼。

三、皮狼阻击战

　　猪狼洼遭猪狼偷袭后，家家户户请铁匠打老虎卡子，沿地边山梁子安放，在山上猖狂一时的猪狼终于消停了，苞谷地里再没有野猪的影子。可紧接着，山下村子里又出麻烦了，时不时有家猪被叼走。原来，老虎卡子夹伤了一只狼的腿，村子里遭到报复。这些事弄得人心惶惶，人们夜里常常被狼的吼叫和猪的哀嚎惊醒……

　　有时候，夜深人静，突然会听见一两声狼叫，大猪小猪"哼哼"一片。人们便纷纷奔向猪圈，等了半天，一切又归于平静，什么都没看见。人们好奇地议论，"稀怪了，狼来叼猪吧，又不见动静。""不是吧，明明听见狼在猪圈周围叫，就像报信似的，莫非有狼发善心报警，其他狼溜了？""说不通呀，何况我们伤了人家狼腿。"大家想弄个究竟，便轮流值守，守了四五个夜晚。但既没狼叫又没狼的踪迹，人们便猜想，只有一种可能，是皮皮在暗中保护。皮皮出走已五六个年头，该回来看看了。

"皮皮，皮皮哪儿去了？"我猛然想起，自己是因为皮皮才进山的，可来这么久，却把皮皮忘到了脑后。

皮狼阻击战，是在一个傍晚打响的。太阳快要下山时，突然降下了一场大雨，还伴有冰雹。正在苞谷地锄草的人都拥向窝棚躲雨。这时，有人好像听见了几声狼叫，同时看见天空出现了一道彩虹，五颜六色的，彩带一样，一头连着半山水塘，一头飘向村子。几乎同时，有人惊叫："啊？狼呀，狼！"接着一阵呼喊："狼哇，坏了坏了，要遭殃了！"

我和河狼站在水塘堤坝上，举目望去。猪狼洼的窝棚像鸟巢一样挂在树上。我们睡过的那座精致小木屋在太阳照耀下闪闪发光。山下林子里的炊烟，像山路一样通往天空。塘坝周围树木郁郁葱葱，那是藏狼的好地方。河狼说他们把彩虹叫龙吸水，虽然漂亮，但容易带来灾难，吸了水容易下冰坨子、刮龙卷风，这时候野兽就趁机出来作恶，七匹恶狼就是从吸水的龙头那里冲出来的。

"七匹狼？巧了，我这腰带就是七匹狼的。"我指着腰带上的商标说。

"啊，你系的狼腰带，快丢了，莫惹祸上身。"河狼紧张地望着我。

"哪儿跟哪儿呀，是七匹狼品牌，不是狼皮做的腰带。我家里还有七匹狼夹克呢。回去让我爸也给你弄一套，看看狼敢不敢动你。"

河狼继续讲皮皮的英勇事迹。

七匹狼在彩虹的映照下，毛发金光闪耀，一路呼啸着冲出林子，直奔塘坝而来。它们快到塘坝中央时，只听嗷嗷七声大叫。塘坝中央站着一只瘦得有些可怜的半大母狼，挺着鼓鼓囊囊的肚子，像是怀着身孕。冲在最前面的狼，瞪着双眼与这头拦路狼对视了好几秒钟，突然嗷一声扬起前爪，似乎要告诉它：要么跟我们下山，要么让路。

拦住群狼去路的正是皮皮，它虽然浪迹山野好多年了，却与所有狼群都格格不入，成为狼族中的异类。彩虹下的雨水落在它没有毛的身上，它抖一抖身子，威严地对峙在那里，没有丝毫通融的意思。狼群里发出一串严厉而愤怒的吼叫，皮皮前爪狠狠地刨了几下，高高昂起头，尾巴忽一下棍子似的立了起来，嘴里也随之发出威严的怒吼。

几只探路狼回头看了一眼狼王，狼王怒视着皮皮，眼神里充满着丝毫不可冒犯的王威。这些狼得到了不容婉拒的首肯，分别摇了摇尾巴，呼啦一下跃到皮皮身前，七八只爪子一拥而上，合力把皮皮推下了塘坝。皮皮发出断断续续的低吼声，骨碌碌直往坝下滚去。狼王大摇大摆地跑过来，站在皮皮站过的地方，望着连滚带爬的皮皮，抬起高傲的头，仰天长啸一声，然后，带领狼群一溜烟消失在丛林中。

狼王被簇拥着来到了罗篾匠家后山的竹林。这里是一条兽道，为了防止野兽侵扰，罗篾匠沿竹林布下了重重机关暗道。群狼肆无忌惮，无所顾忌地直往前冲。狼王制止了群狼的鲁莽，机警地在林边停了下来，东张西望，要寻找一条安全通道。

雨雾给竹林拉上了帷幔，林间一片蒙眬。正在狼王一筹莫展之际，猛地发现了皮皮。不知何时，也不知怎么回事，皮皮突然出现在竹林中间，不声不响，静静地坐着，像一尊竹雕，纹丝不动地注视着竹林外的狼群。

皮皮充满了自信，似乎在嘲笑群狼：熊了吧，凶呀，有种你们进林子里来试试。一只灰狼跃跃欲试，弓起身往林边靠近了两步，狼王噢一声上前，挡在了身后。皮皮从容地站起身，朝前挪几步，抓起一截竹棍，往地上一甩，呼啦一声响，两根粗壮的竹竿在林间变成了凶器。

狼王看到了暗器的厉害，赶着群狼往林子外面退了出去。

河狼带着我来到竹林，手里拿着一根拳头粗的木棍，每走几步，就把木棍子朝林地上一戳，跟着呼啦一声，就有绳子随着竹身吊上半空，哗啦啦一阵摇曳。"这就是暗器呀，中间那么宽的距离，防不住吧。"我对这方法不以为然。

"咋，你不信呀。这只是处子（陷阱），弯树吊绳是明着的，还有地下的老虎夹子，处不住也被夹住，想逃，没门。"

于是，我见了弯着的竹子就格外小心，眼睛盯着上面，又担心脚下。

河狼说："你大胆走，见堆着好多竹叶子的地方，就绕过去。狼再狡猾也没我们人精明，总有办法制它们。乔桥，你说皮皮跟我们住了那么久，咋没学到人的聪明劲呢，生生地上了狼王的当。"

原来，那天群狼离开了竹林。过了好久好久，皮皮仍不放心，走出竹林，找了一路，确实没有狼的踪迹，便返回来，独自来到了三关石。

三关石是竹林通往村子的要道口，两块尖尖的石头立在路的右边，一块半人高圆滚滚的大石头拦在路的左边，中间道路只能容下两人行走。我摸着粗糙的石头上三个高低不平的大字，眼前呈现出猪狼大战的情景来。

河狼见我不说话，以为我在琢磨三关石的来历，解释说："原先这里不叫三关石，叫狭路口。我爷说皮皮在塘坝挡了一关，在竹林又挡了一关，在这里和七匹狼又干了一场恶仗，把狼堵回去了，干脆这里就叫三关石吧。

"三关石"这三个字，也是后来爷爷叫我爹，一钻子一钻子雕上去的。

皮皮躺在三关石上喘息，一路上独挡狼群确实累了。它微闭着双眼，耳朵却高高地竖着，两只前爪警惕地紧紧趴着石头，随时准备一跃而起。

探路的前狼悄悄地溜过来，几乎没有声息，也没有发现皮皮和人类，便放心大胆地招呼同伴过来。狼四只爪子溅起路边潮湿的叶草，刺激得它哼哼地打了两个响鼻。

一只小狼像是听到了指令，急不可耐地往前嗖嗖直冲。就在它快到狭路口时，皮皮悄无声地突然从大石头上立起身子，一跃跳到路中央，双眼瞪着小狼，鼻子里喷出呼哧哧的气浪。小狼突然受到惊吓，胆怯怯地往两只大狼身后退缩。大狼见是之前较量了两次的皮皮，以为皮皮也算是同类，又身孤影只，再怎么也构不成威胁，便收起凶相，不温不火地嚎叫了几声，既像是友好地打招呼，又像是互相商量讨价还价似的。皮皮对它们的表现无动于衷，根本没有友好的回应，更没有让路的迹象。

这时，有四只狼从后面挤了上来，排成一排，拉开架势准备强攻。

皮皮见状，嗷一声跳回大石头，吐着长长的舌头，瞪着蓝莹莹的双眼，双耳耸立，双腿前蹬。这架势，是准备随时一跃而下，逮住头狼摔个你死我活。

凶残的狼性是不会被孤单的同类吓倒的。群狼一拥而上，眼看要直接闯关，皮皮一跃而下，横在狭路中间，用身体阻止群狼。在这狭小的空间里，皮皮与群狼相互撕扯了起来，开始还只是试探性的，并没有真战，你咬我一口，我抓你几爪子，怒视着，对吼着，互不相让……

群狼终于忍不住了，迅速做好了分工，有的咬耳朵，有的扯腿，有的抱住脖子，有的按住身子……

皮皮拦在路中，死命地挣扎，有气无力地发出哀叫。它的耳朵被撕破了，前后腿扯烂了，血肉模糊地挡在那里，寸步不让。

狼王大摇大摆地走近狭口，望着皮皮，温柔地嚎了两声，像是安慰，又像是劝说：别较劲了，何必呢？自讨苦吃，值得这样子吗？

皮皮上气不接下气地喘息着，近似乞求地望着狼王，眼里滚出了几滴混浊的泪水，好像在说：放过我，放过他们吧，他们救过我的命啊。

狼王没有理睬皮皮可怜的哀求，昂着头，从皮皮身上跨了过去。七匹狼嗷嗷叫喊着紧紧跟上狼王。

七匹狼都跃过去了，这时，皮皮使出全身力气，疯了般拼命扑过去，死死扯住狼王双腿，嘴里不停地发出凄惨的哀嚎……

　　山上的人们被声音吸引过来，被眼前的这一幕惊得目瞪口呆，一时竟不知所措。这时，不知是谁喊了一嗓子："快，打狼！"

　　大伙突然醒过神来，一起大喊："快快快，赶狼，撵狼。"

　　七匹狼被吓跑了。人们在路边找到了这只没毛的狼，浑身血淋淋的。有人从家里提了只鸡来，送到皮皮嘴边。皮皮摇摇头，摆了摆尾巴，轻轻嗷嗷叫了两声，艰难地站了起来，踉踉跄跄地走进了山林。

第五章　村侠

一、疯狗

清晨，我睡在床上，望着屋顶亮瓦发愣，夜露凝聚起来的水珠，在上面一滴滴滚动。随之滚动的还有屋瓦上的粮食颗粒，有喜鹊落在上面，啄得咚咚咚响。一会儿一群麻雀飞来，密麻麻的爪子和细细的嘴，把亮瓦挤得模糊看不清，我感到有些无聊。

这时，广播喇叭响了，播放的是一首我不熟悉的乡村歌曲，接着开始通知："各家各户注意，有狗的人家上午十点，到卫生所做防疫，打预防针。经过疫情之后，大家应该明白，防疫无比重要，疯狗伤人会要人命的……"

河狼一弹身，坐了起来，对我说："乔桥，你不晓得，我们村里闹过一回疯狗，还是皮皮制服的呢！大家当时都看见了，据说皮皮像个村侠，还跛着一条腿。"

"是吗？说说疯狗是咋回事。"我有了精神。

河狼想了想说:"我也说不清楚,好像也是广播喇叭播放的事,说郑湾村出了一只疯狗,像狼狗一样高大,凶狠,不爱叫,瞅住猛子下冷口,咬完人才叫。郑湾打狗队没打着,疯狗四处逃,逃到了我们村。"

原来,几番狼战过后,山上山下再没出过狼的影子,村子里安静了好久。这条疯狗一来,又把村子闹得人心惶惶。人们出门进门、上山下田都格外小心。

老黄家的儿媳妇喂猪的时候,看见圈外站着一条狗,吓得她"哐当"甩下猪食盆,喊着"疯狗疯狗"躲进了家门。黄大爷出门一看,说:"女娃子,你吓魔怔了,仔细瞅瞅,那不是我们家大黄吗?"

村民过度紧张,闹出了不少笑话。过了好几天,没见疯狗动静,村子又恢复平静。

突然有一天,上山打猪草的陈三妞一路飞跑下山,嘴里喊着:"有狼啊,狼来,狼来了。"

村里人拿着锄头扁担,在三妞说的山上找了好长时间,狼影子都没找着,都说三妞子瞎喊。三妞爹就问:"你真看清了,狼呢?"

三妞点点头,说她看清了,接着又摇摇头说:"哦,我记起来了,不是狼,好像是狗。广播里说的那疯狗,一声都没叫,我怕它下冷口,就跑了……"

"到底是狼是狗?不许扯白了谎,是啥?"三妞爹追问。

"不是狼就是狗，反正，我看像狼。"三妞头一扭，抹起了眼泪。

三妞爹吼道："啥用，狼和狗都分不清，狼来了是能随便喊的？疯狗也是不能瞎讲的，也吃人。你小，瞎嚷嚷不打紧，吓别人呀。"

兴许她真看见了。村民们看着三妞，不再说啥。

三妞爹对大伙说："对不住了，小孩子花眼，慌张了，耽误大家工夫，眼看都晌午了，搁家吃饭吧。"

大伙儿不好意思留下吃饭，都说算了，小娃子嘛。三妞伤心地大哭了一场。

过了几天，枣娃子下河摸鱼，风风火火地从河里跑回村，活灵活现地比画说："有狼，真是只狼，黄狗子那么大那么长，跑起来后腿有点跛。它没追我，向后山去了，你们快去找，我带路，再晚又跑没影了。"

"是狼是狗哇？莫又像三妞，搞岔了气。"有人问。

"管它啥，恶狼疯狗，都不是好东西。"人们提起家伙，跟着枣娃子上山，东找西找，终于在一棵大花栎树下发现了一只狼。那狼侧卧在石壳旁，像是睡着了，直到拿着棍棒的人快到近前，大吼了一声，狼才抬起头看了看，踢腿伸了个懒腰，却没有起身逃跑的样子。有人拿着挖锄把地捣得咚咚响，有人说，都准备好家伙，等会儿一齐上，谁都不能犹豫退缩。

众人拉开架势，瞪着眼，憋着气，打算一拥而上。

第五章 村侠

113

这时，只见那狼微微昂起头，慢悠悠地站了起来，嘴里红腥腥的长舌头卷了两下，转动着双眼，望着愤怒的人们，好像是问：你们咋了？

村长发现，这狼眼里的光不仅不凶残，好像还有些似曾相识的熟悉。再仔细一看，它全身伤疤，狼毛又稀又短，很像斧头家放生的皮皮。村长大喝一声："都莫动，快去把斧头找来。"

斧头爷跑上山，只远远地望了一眼，就喊道："是的，是我们的皮皮。"然后，他像碰到好多年没见的亲人一样，向皮皮跑去，嘴里念叨着："小伙计，你哪儿去了啊！这久不回家来看看。那一大架，你跟那七匹狼打得凶，吃苦了哇，亏你有种，还以为见不到你了呢。"

皮皮前爪抓抓地，一头扑向斧头爷，拦腰抱住亲热。斧头爷伸手拍拍皮皮的头，又顺势从头摸遍全身，当摸到右后腿一大块伤疤时，心痛得连连摇头："你这是为保护我们留下的啊，你那些同伙狼呐，恶狼恶狼嘛，咋会不狼？可你是个例外，例外……好不容易回来，就别走了，回去它们也不会放过你的，再说，村里最近闹疯狗，正需要你呢。留下来吧，就当是给我们看村护院。你看看他们，都是熟人哦，小时候都关心过你，往后我们都好好相处，互相关照着点……"

皮皮从此远离深山老林，自由自在地生活在村子周围。哪家鸡子鸭子受到了黄鼠狼毛狗子攻击，皮皮嗷嗷上去，不是逮住就是赶跑它们。那几日，一头狼下山，村里有猪被盯上了，随时会有危险。皮皮提前嗅出狼的威胁，便没日没夜地围着猪圈转悠，警惕地守护着，一有异样立马嗷嗷示威。

渐渐地，村里人都像斧头爷一样，不再把皮皮当狼看，倒像是自家养的家畜和护林狗，时不时吆喝着，一道上山下河，进屋出院，就连有好吃的肉食，也少不了给它一份。

河狼说："我大伯因为两次差点弄死皮皮，心里一直很内疚，对它就格外好，特别亲热，为了皮皮的清白，还亲自跑去跟二赖子拼命。"

"你大伯为皮皮舍得拼命？"我印象中，河狼的大伯大头，一直是讨厌皮皮，要煮皮皮吃肉的，这可真是不打不成交啊。

自从皮皮回村，黄大贵家的大黄就成了皮皮的影子，白天黑夜跟前跟后，突然有一天，大黄莫名其妙地失踪了。

"大黄，大黄——"大贵全家出动，村里村外呼喊，始终没有大黄的消息。村里人猜测大黄肯定完蛋了，不是遇上了疯狗，就是进了狼肚子。

大贵媳妇找到斧头爷家，气呼呼地说："我们家大黄被你们皮皮吃了。"

"不可能呐，皮皮和大黄那么要好，兄弟一样，为啥吃它？”

“为啥，狼吃狗还为啥？习性呗。”

“我觉得不太可能，该不会是被谁当疯狗撵出村了吧，你不是也把大黄当过疯狗吗？”斧头爷呛了大贵媳妇一句。

“那是吓花了眼，我说皮皮吃了大黄，是有人证，二赖亲眼瞧见的。”

大贵媳妇和斧头爷一家找到二赖。二赖望着斧头爷有些胆怯，颤着喉咙，气喘喘地解释说：“就是皮皮，我看见皮皮追着大黄，一直撵到了村子外头，打得大黄嗷嗷叫，后来大黄就不见了。”

“叫你偷吃偷摸，老毛病又犯了。”大头抄起棍子，朝皮皮猛打，皮皮吓得一跃躲到了斧头爷身后。

“老大，我还在这，轮不到你教训它。”斧头爷喝住老大，疑惑地盯着二赖：“按说皮皮吃了大黄，总该留下血迹吧，血又不能喝。还有，皮毛呢，骨头渣渣呢，吃得那么干净？什么都没剩下？”

二赖心虚，语气软了下来，朝屋里和屋后紧张地望了几眼。皮皮嗷嗷叫着，冲向屋后，四只爪子恶狠狠地疯刨，很快，刨出了几根骨头，接着，又叼起了一张狗皮。斧头爷提起狗皮，验了验，完好无损，明显不是动物撕咬啃扯下来的，而是人剥的。斧头爷厉声吼道：“老大，去屋里再找找。”

大头从二赖屋里端出一碗狗肉，递到大贵媳妇眼前。大贵媳妇扯住二赖大喊大叫："你这个缺德鬼，烂心肝的，咋做得出来呀，你坑了人，还叫我们跟着丢人现眼！"

二赖头一犟："大黄是疯狗，你说的。咋的？打疯狗，是乡上下的任务。"

大头对二赖嫁祸皮皮，自己险些上当这事，气得咬牙切齿，追上去要和二赖拼命，吓得二赖一连几天都不敢回家。

经过大贵媳妇和二赖这么一闹腾，老大对皮皮除了喜欢，更增加了几分信任，行走把皮皮当成了跟班和警卫。河狼说皮皮也很听话，随叫随到，指哪儿到哪儿，唯独一次，皮皮犹豫了，特别地固执。

那天早上，大伯去县里卖柴，叫了几遍，皮皮趴窝里就是不动。大伯给它抓痒，和它握手，该哄都哄了，皮皮无动于衷。无奈，大伯用绳子把皮皮扯起来，拴在柴担子上，强行拉出了家门。

皮皮有心事，走着叫着，反反复复地回头，拉扯得大伯心烦意乱，不得不坐下来歇歇。谁知，皮皮趁他不注意，挣脱绳子，没命地直往回冲。

太阳刚露出笑脸，大伙有说有笑地扛着农具下地。大贵媳妇勤快，早早地走到了地头，无意间看见枣子树下站着一条狗，吐着长长的红舌头，口水直滴，两眼冷冷的，阴森得吓人。

"快来人呀，狗，疯狗子！"大贵媳妇拼命地跑。

"在哪儿，在哪儿？不怕。"一伙儿人迎着大贵媳妇，往她身后一看，果真有一条大狼狗紧跟着冲过来，不声不响，和乡上描述的一样。村民们担惊受怕了好久，这疯狗终于还是来了。

疯狗啊，疯劲上来是不要命的，谁不怕？大家拿着农具直吆喝，没人真敢动手。

相隔两丈远的距离，疯狗两个猛子就能扑上前来，可疯狗停了下来，昂头向四周张望了一圈，可能没有发现什么危险，就大起了胆子，蹲在路中间，怒目瞪着眼前的村民。

这时，通往小学的田埂上，有一队红领巾唱着儿歌走了过来。疯狗竖起耳朵听了听，站起身，大摇大摆地向小学生走去。

一村人都为孩子们捏了一把汗。就在疯狗快要接近学生时，皮皮不知从哪里突然冒出来，挡在了疯狗和学生之间。

疯狗发怒了，猛扑上去和皮皮厮打在一起。斧头爷说，皮皮先知先觉，怪不得早上不肯跟老大走呢。

狗啃腿，狼咬脖。疯狗咬了皮皮左腿一口，皮皮撕破了疯狗的耳朵。疯狗又咬住皮皮右腿，这下伤到了皮皮要害，皮皮一下子倒下了，众人跟着爆发出惊叫。

皮皮听到叫声像是受到了鼓舞，也可能是怕这些充满期待的乡亲们失望。它艰难地撑了撑两只前爪，猛一回头，咬住了疯狗脖子，血立刻流了出来。疯狗挣扎了几个回合，终于无法挣脱。皮皮长长的獠牙锁住了疯狗喉咙，使它喘不出气来。

村里人议论开了：皮皮回来就是救我们的，要不是它，还不晓得疯狗咋猖狂呢？

二、六皮

皮皮顽强地挣扎了几下，试图从草地上站立起来，当整个身子快要平衡时，后腿突然一颤，全部重心向右倾倒下去。一村人正惊慌地盯着，只见皮皮屁股撑地，抬头望望，然后借助全身力量，猛地弹起来，往村里奔跑。皮皮三条腿踏得尘土飞扬，右后腿拖着，明显受了重伤。没跑几步，皮皮重重地摔倒在地。

"你这残腿不打算要了？伤成这样，还逞啥强哦。"斧头爷赶上去，抚摸着皮皮的伤腿，仔细查看了一番，然后起身向小河沟走去，不一会儿，扯回一大把青草药，放进嘴里，大口大口地咀嚼，直到嚼得草叶稀烂，绿汁直滴，才给皮皮敷上，又从腰间取下汗巾为皮皮细心包好。

"走。回家啰！"

皮皮趴在斧头爷背上，两只前爪从肩头伸出来，直垂到斧头爷胸前。斧头爷一只手扯着皮皮前爪，一只手从后背兜着皮皮屁股，颤颤巍巍地向家里走去。

斧头爷往窝里垫了两件衣裳，把皮皮放进去，又制作了两根夹板，把皮皮伤腿固定好了，这才放心下地做活。

晚上，一家人正在吃饭，窝里突然传来一阵阵喘叫。走近一看，皮皮在窝里打滚，肚子一鼓一鼓的，嘴巴张张合合，爪子乱蹬乱踢。

“要生了，皮皮这是要添喜了。”斧头爷高兴得呵呵笑，笑着笑着僵住了。“可这黑灯瞎火，哪儿去给你找接生婆啊？”斧头爷急得抓头跺脚，突然一拍脑袋，指着大头：“去，快把一组的王婶找来。”

“爹，你急糊涂了吧，谁肯给狼接生呐。”儿子提醒斧头爷。

斧头爷给皮皮灌了一碗温水，又把一坨瘦肉塞进它嘴里，说：“吞，吞进去。生崽没劲可不行，为了后代，你得坚强，现在成败就靠你和我了。”

皮皮用足了劲，声嘶力竭地嚎叫，可是一只脚使不上力，浑身气息始终不顺。斧头爷顺着皮皮肚子一鼓一鼓的气包，慢慢地搼着，均匀地推赶。随着嗷一声嚎叫，第一只狼崽出生了。

“头一胎，老大，就叫大皮吧。”斧头爷乐呵呵地擦洗包好狼崽后，送到皮皮眼前："给，你看看，大皮。"

皮皮眼皮张了一下，又合上了。肚子却还在一鼓一鼓地动弹，斧头爷赶忙顺着腹部又推又赶，紧跟着，又一只小狼崽降生了。

"二皮，你就叫二皮吧，二皮好，有伴。"斧头爷正在清理二皮，一回头，看见皮皮腿间又伸出一只小狼头。

"真是接二连三哟。"斧头爷索性把二皮三皮和大皮一起抱出窝，安放进另外窝里。心想，半天没听见哼哼，可能就这三只了。当他走近皮皮时，发现还有一只小狼崽子，乖乖地躺在皮皮受伤的腿下。伸手一摸，早没了气息，原来被活活压死了。

斧头爷把皮皮残腿搬开，取出老四，嘴里嘀咕说："老四老四，你不吉利啊。"说着说着，瞧见挨着老四还有一只老五。他毫不犹豫地双手捧起老五，谁知和老四一样，老五也早没了气息。他望着皮皮，自责地捶胸顿足，捣得地咚咚响，狼窝也被震得摇动不止。

这时，他隐约听到皮皮长长地哼了两声，也许是大叫了一声。这突如其来的呼喊，把斧头爷叫清醒了。皮皮，皮皮还在受难哦。他向皮皮投去深情地一瞥，却发现又有一只狼崽眨着双眼，惊奇地望着他。

"四皮，你才是老四哦，老四你真灵光。"斧头爷为自己的疏忽懊悔了半天，对重新出世的老四呵护得分外用心，并期望着还有新的生命诞生。

间隔了一会儿，皮皮像是重新打起了精神，憋足了劲，一连又生下了两只。斧头爷手眼并用，丝毫不敢怠慢，一边安顿老四老五老六，一边紧盯着皮皮的肚子。过了许久，直到皮皮彻底平静下来，斧头爷才长长地舒了一口气，接着喊道：

"头皮，二皮，三皮，四皮，五皮，六皮。六六顺哦，八大金刚不顺，六六大顺呐。"

皮皮生完六皮，精疲力竭，加上一条腿不能行动，喂养幼崽成了大难题。

六张口嗷嗷待哺，斧头爷拿出平时舍不得吃的糯米，煮成了稀粥，一只只喂……小狼下地了，跑跑跳跳，饿得快，稀粥已填不饱六只小皮的肚子。斧头爷就带上老大老二到草丛中抓蚂蚱，地下挖蚯蚓，河里抓青蛙。过了些时，六只小皮又长大了些，就跟着家人活动，自己开始找食吃。不满月的幼崽生存能力有限，常常饿得乱叫，夜里出出进进，折腾得一家人都睡不好觉。

斧头爷不得不上山下处子，有一天逮住一只大山羊，扛回家剁成一小块一小块的，用篮子吊在房梁上。每天早、中、晚，把六只小皮叫在一起，每只分发一坨，让它们打个牙祭，虽说吃不饱肚子，可也没饿着。

"来来来，大皮……加荤了！"每天分发食物成了斧头爷的一大任务，也给他带来了不少的乐趣。他吧嗒着烟袋，望着六只小皮吃肉的样子，脸上乐开了花。

一天上午，大头趁爹不在家，偷偷把房梁上的篮子取下来，学着斧头爷，抓起羊肉坨，一块块甩上抛下，逗六皮开心。没想到六皮乐上了瘾，一哄而上，把篮子里的肉抢了个精光。斧头中午回来，发现篮子空了，对着大头怒吼："你以为那是啥？那是养它们活命的东西，饱了这一顿，以后咋办？你说。"

六只狼崽把大头围在中间，可怜巴巴地望着，哀求斧头爷放过大头，似乎在说：不怪它，是我们太饿，我们错了……

从此，大头成了六皮的好朋友，每天亲亲热热的，村里村外都是大头和它们嬉戏玩耍的影子。

大头手里拿着一根竹鞭，赶着六皮们吆五喝六，时不时甩上两鞭子。六只小崽子听到叭叭响，便疯狂地赛跑。后来，不知大头从哪儿弄来几只铃铛，给六皮每只脖子上挂一个，鞭子一响，铃铛就"叮叮当当"发出一串山响，像猎犬组成的猎队，风光耀眼。

渐渐地，皮皮恢复了元气。腿伤也已经愈合，去掉了夹板，只是比先前跛得更明显了一些。

六只小崽在眼前欢蹦乱跳，逗着狼妈欢心。皮皮离开狼窝，用爪子抓着小崽一只只理毛，用舌头给小崽们舔脸，它要担起疼爱和呵护的责任。

阳光照在绿油油的田头地边，亮闪闪的露珠在草尖上滚动，蜻蜓、蚂蚱和小青蛙，在草丛间飞着蹦着。皮皮带领孩子们隐没在草丛间，悠闲自得地寻找着可口的食物。幼崽们不时抬头，朝身后的狼妈轻叫两声，又继续各自玩着、吃着，像一群可爱的小羊羔，活脱脱一副无人喧闹的幽静牧羊图。

放学了，大头和伙伴们来到田头，看到皮皮和六皮们，高兴得手舞足蹈。"大头，你看那狼，它们在吃草吗？""啥呀，吃草不成羊子了。"大头说，"狼是吃肉的，没肉吃，它们只有吃蚂蚱和青蛙。""吃这些呀？那我们给它们抓，保证饿不到它们。"

六皮们听到声音，嗷嗷地跑向大头，一路叮叮当当。大头和小伙伴们在田头同六皮们热闹了一气，接着把它们引到了学校操场，六只小狼与同学们打成一片，成了操场上的"体育健将"，和同学们眼里的"明星"。于是，每当放学，六皮们就会跑向操场，同学们便迫不及待地把各自带来的吃食送给它们，直到吃饱了，玩够了才回家。

同学们怎么也没想到，黄大贵家的一窝小猫，竟然把他们和狼伙伴分开了。

大皮领着六皮们站在家门口，尾巴摇得像拨浪鼓一样，这样讨好的场面，过去还未有过。大头和弟弟背着书包正要上学，用手挨个拍拍头说："听话，回来陪你们玩。"

刚迈出门槛，"嘭"一声，大贵媳妇将一包毛绒绒的东西甩在门前，吼着喊："你爹呢，叫他出来。"

"咋了？吃枪药了！这大早晨的。"斧头爷从门里走出来，脸上堆着笑。

"啥咋了！看看你们狼崽子干的好事。"大贵媳妇打开草袋子，倒出十几只猫爪子来。

斧头爷和大头看看六皮，几只狼崽子伸出舌头，舔着嘴巴上的猫毛，怯怯地望着大贵媳妇。

"我可是收了人家定金的，这小畜生，你说咋收拾。"

"收拾啥？你都说了是畜生，秋后收了庄稼，我赔你就是。"

"赔归赔，它们怕不能留了，留着终归是祸害。不信，我们打赌。"大贵媳妇恨得咬牙切齿，巴不得立马把小狼崽子剥了。

斧头爷心里盘算，六皮是不能留了，家里也没那多吃的，总归是个事，晚走不如早走。

皮皮从斧头爷眼里看出了结果，一爪子上去，把大皮打倒在地，又用嘴啃着提起来，按在地上让它跪着，接着二皮、三皮、四皮、五皮、六皮，通通被按倒跪地。皮皮狠狠地瞪着绿森森的双眼，嗷嗷嗷大吼了六声，然后立在大皮身前，两只前爪左右开弓，伴随着震耳的怒吼。从大皮挨个收拾，一轮下来，六皮脸上身上都出现了血迹，可皮皮却没有停下来的样子，又从大皮继续开始。大贵媳妇不忍心再看下去，扭头走出了院子，斧头爷和围观的群众也悄悄地躲开了，一个个唉声叹气："皮皮哦……"

斧头爷用草药水给六皮们伤口抹了两遍。然后，把它们带到村外的小树林子里，拿出了事先藏好的山鸡、野兔和麻雀，为它们送行。斧头爷燃起一锅烟，看着六皮，有一句无一句地说："上山去吧，你们总归是属于山林的，那里才是你们该待的地方。村子里呀，养不活你们呐，你们就自个儿谋生路去吧。"

大皮跑过来抱住斧头爷的大腿，其他几只小狼都跟过来，围成一个圆圈，嘴里嗷嗷叫，表达着对斧头爷的恩情。

"走吧，进山去。山里有好吃好喝，还有好多你们的同伙，跟它们一起，你们就不愁吃不饱，也不会担惊受怕。"斧头爷用手托着六皮们的屁股，一只只送进了山林。

六皮们走远了，斧头爷望着，嘴里还在念叨："莫忘了我们啊，遇上麻烦了，你们可得多帮帮我们，村里人都会想你们的。"

过了两袋烟的工夫，斧头爷顺着六皮们方向走去，猛然看见，皮皮追着六皮们上山了。六皮们和狼妈冲到了一起，抱着、围着，恋恋不舍……

三、游侠

秋天说来就来了，山上山下的庄稼被太阳晒得一片焦黄。人说秋风秋雨愁煞人，可谁知没雨的秋天该是何等的要命：山涧沟渠干涸了，收成缩了水，连山上的动物也不得不下山找水喝。

自从归山几个月消失得毫无踪影的六皮们，突然出现了。一天夜里，大皮带着五只小狼跑下狼山，窜到塘堰找水来了。六皮们见到水，像是见到了肉，长舌头卷起喝出一阵阵吧唧吧唧的声响。

离六皮们不远的塘坝一侧，卧着一头狼，那是偷偷来到山上的皮皮。它静静地观看着六皮们，尽量不去惊动自己的孩子，可那控制不住的喉管总是叽咕叽咕的，引得身子发出窸窸窣窣的微音。六皮们好像是听到了熟悉的声音，也可能是喝饱了，四处张望一番，扬起蹄子飞奔入林，消失在朦胧的月夜里，留给皮皮满眼的惆怅。

一连好几个夜晚，我都做着同一个梦：六皮下山，皮皮上山，母子隔林相望，却从不相认。也许它们都心知肚明，彼此守望却互不打扰。

我还梦到我终于按捺不住，趁着夜色来到塘坝。六皮们好像对我也不陌生，亲热地围拢来，熟门熟路地与我打闹嬉戏。最小的老六钻到我两腿间，妥妥地要我为它理毛抓痒。我轻轻抚摸着，它全身肉坨坨的，棕黄色的茸毛油光水亮。这山里滋润哦，把它们个个养得膘肥体壮，多亏了斧头爷，才有它们的今天。我感到它们的身上暖暖的，带着斧头爷的余温。

大皮从我怀里推开小六，仰头看着我，满眼都是问号，似乎在问：皮皮过得如何，斧头爷一家咋样，学校的学生快乐吗？

我突然有些不太高兴，语气生硬地回答："好得起来吗，旱秋哇，旱秋饿死人啰。"

大皮惊恐地看了我一眼，又望望山下，带着六皮们悻悻地走进了山林。

有天半夜，我在梦中大喊大叫："大皮，你回来，回村子里看看，你不能忘恩负义……"

我的喊叫声吵醒了河狼，于是我把几夜的梦和盘托出。河狼听了，一点也不惊奇地大笑："你这不是梦，是我爷平时讲的事实。六皮啊，就像村侠，从来就没离开过村子，却又不让村里人看见，它们偷着做好事，我们偷着享它们的福。"

六皮是一群极富灵性的狼。也许和皮皮一样，它们身上都流淌着人类赋予的真善美的德行吧，它们也知晓感恩，更善于用动物的方式传达出来。

秋旱带来减产，粮食更加珍贵。就在人们抢收苞谷的时节，"七匹狼"又出现了。它们不吃苞谷，却故伎重演，追赶着野猪夺粮。

六皮们已经长大了，一只只威风雄壮。它们各占一片山洼，像猎人一样，蹲守在苞谷地里。

有头野猪在东山头哼了几声，从密林里晃悠悠地走出来，大摇大摆地沿山梁走下苞谷地。月亮下，剥了壳的苞谷坨子黄澄澄的，一堆一堆的。大野猪兴奋极了，尖尖的长嘴，长长的獠牙，对准了那大苞谷正要下口，六皮们突然从天而降，两爪直扑而来，吓得野猪撒腿而逃，跳上一道高坎上。野猪回头张望，发现就一只狼跟着，一对一的较量。它刚刚有些松弛，眨眼工夫，六皮们嗷嗷叫着已跃上了岩坎。野猪被面前六皮们的气势震慑住了，扭头向山林逃命。刚上山梁，那里却闪出了七匹狼的身影，它被六皮追赶出苞谷地，又被七匹狼撵回来，来来回回，山梁上不去，苞谷地下不来，累得哼哼哼喘气。

大皮潜伏在猪狼泉边，看见七匹狼追赶着一群野猪。猪王领着十几口猪的大家族，小心翼翼地站在山梁边，东瞅瞅西望望，伸鼻子拱地嗅了嗅，判断确实没有危险，哼哼着一摇头，指挥子孙们下地解馋。小猪崽调皮，看见猪妈妈指令，箭似的飞射出去，很快没了踪影……大皮的前爪踩着猪崽的脖子，使它像睡着了没有一点声响。又有两头野猪追着小崽来了，它们追着追着突然停了下来，鼻子分明嗅到了小崽的气味，却不见影子。这时，有两道绿光直射过来，阴冷阴冷的，它们尝到过这绿光的厉害，所以不敢轻举妄动，怔怔地站着，等待猪王到来。

猪王有些懊悔，不该放小崽子疯狂乱跑，不仅自己成了狼食，还给家族带来了生命危险，甚至灭顶之灾。因为它看到了一道道绿色光柱，光柱在疾速地移动，直往家族而来。地里的苞谷秆子全砍倒了，一览无余，想躲都无处可藏，它真正害怕了。

身后山林里站着七匹狼，盯着猪王。管不了那么多了，猪王抖了抖身子，心一横，甩下小崽子，咆哮着带领全家往山林逃命。猪群一上山梁，还没接近林子，就被拦路的七匹狼堵了回来。猪群退回山洼，又被包抄上来的六皮们拦住。六皮们是从没较量过的对手，七匹狼毕竟之前交往过，猪王担心全家遭殃，返程回跑，祈求七匹狼能放一条生路。狼就是狼，七匹狼死死地堵住了通往山林的道口，而六皮们现在在猪群后面穷追猛赶。

野猪发狂胜过狼，但前后路都被堵死了。猪王绝望地前后看了一眼，扑通倒地打了一个滚，起身抖掉泥土，张开獠牙大口，哼得轰隆隆响。众猪跟着轰隆隆哼哼，林里地里顿时传出一阵阵可怕的声音，像是暴雨来临前的狂风呼啸。

在嚎叫声中，猪王领着群猪集合，目空一切地从七匹狼身边呼啸而过。

野猪逃跑了。年轻气盛的六皮们却不肯罢休，它们放过猪群，转头找七匹狼算账来了，当年皮妈受到的欺辱，必须偿还。

六皮们在大皮的率领下，形成狼队，寻找落单的七匹狼，一头一头地围攻……

从此，七匹狼再没在小雷湾出现过。倒是六皮们，村里人都说，好像它们一直在村里转悠，像影子，就是没见过。

"大隐隐于市，六皮天天在村里，你却看不见它们。"

斧头爷说："这就对了，它们是真正的大侠，游侠，村侠。老被你撞见，啥事照你想的来，那叫侠吗？"

斧头爷的话说得在理，后来的好些事充分证明六皮就是"村侠"。

秋旱粮食减产，学生们向学校交的粮食少了，更拿不出多余的粮食卖钱，改善不了伙食，每天勉强吃饱肚子，好长时间都沾不到荤腥。

　　早晨天蒙蒙亮，校长谢忠杰推开门，一脚踏出门外，脚底板软软一滑。校长以为踩着了盘蛇，跳起脚跑到操场边，扯起一根棍子拿在手上，转身仔细观察，"蛇"一动不动，为什么没跑呢？他不可思议，鼓起勇气上前，用木棍晃了几晃，还是不见动静，一戳，"蛇"软乎乎的，还是没动，再看，沿大门边有好几堆这样的东西。他断定不是蛇，放下心来，回屋点灯一看，惊呆了，一脚门里一脚门外，愣怔了好大一会儿，突然惊喜地大叫："雷老师，李老师，郑师傅，你们快起来，看这些是啥……"

　　郑师傅最先出来，惊得眼珠子快蹦了出来："啊，兔子，好几只兔子。花鸡子，还有呢，毛狗子，秋天的毛狗子可是好东西，肥得流油……"

　　老师们全跑出来，一个个惊圆了嘴巴："哎呀呀，打哪儿来的呀，谁？谁搁这儿的，这也太有心了吧，晓得我们馋肉，送礼来了。"

　　谢校长说："都莫高兴太早，万一是谁暂时寄放这，有事去了呢，得还人家。为人师表，人家怕吵到我们，我们也不能贪占别人便宜。"

　　一上午没找到物主，郑师傅便使出了本领：剥皮，剔剁，红烧，烹炒，煮汤。

　　师生们吃得津津有味，谈论起好心人赞不绝口。做好事不图名，无名英雄。再苦不能苦孩子，这是硬道理。尊师重教，古今正理。

下午学生们背诵课文，朗朗响亮。操场上的体育课，生机勃勃。大家都说，吃肉跟不吃肉，就是不大一样。

老师们遇到这次惊喜之后，每天早上都早早起床，期望奇迹发生，最好自己也能碰到好运气，可等来等去，一直没有等到惊喜。

一个多星期后，大家都不起早了，谢校长照旧早起，没想到又一次撞上了好运。更可喜的是，这一次，不再是小动物，而是一头大野猪。

野猪静静地躺在大门外，足有两百斤，可供全校隔三岔五，改善好多次伙食。郑师傅弯腰去抱，试了两下没提起来，谢校长制止说："算了老郑，莫把你老腰闪了，找几个人帮忙。"

郑师傅看着野猪说："这大家伙是谁弄过来的呢？一个人怕打不住，得有帮手。"

令大家惊奇的不是野猪的大小，而是这份礼物是怎么来的，谁送来的，啥理由送这大礼，而且一次又一次，还一次比一次贵重，关键都是在夜里，神不知鬼不觉的。

这就像一个谜，在师生中传说，引人议论猜测，甚至打赌。

"该不会是六皮们吧？"大头兄弟俩想到了一块儿，"我们给它们弄过肉吃，它们会不会为了感激，又不想让我们晓得，就趁夜里……""这个可能性很大，野猪通常都是夜里出来，正好抓捕。"大头仔细看过，除了野猪脖子上有一大块伤口，其他地方既没有枪伤，也没有老虎夹子的痕迹，这更接近他们的猜测。

月牙在云层中穿梭，月光透过云层一时朦胧一时模糊。大头兄弟和几个小伙伴在村子里玩赶月亮："月亮走，我也走，我跟月亮赶歌路，一赶赶到校门口，兔一只猪一头，睁大眼睛瞅一瞅……"

来到学校院子，大头止住歌声，示意大家分别各站一角，悄悄地躲藏起来，静等"神秘客人"来临。

蚊子嗡嗡飞来，趴在小伙伴脸上，咬起了包，奇痒难忍。大头低吼："忍着，不许动。"

后半夜，月牙钻进了云层，天上突然落下水滴，看起来是下毛毛细雨，其实是晨露雾气。眼看天要亮了，什么动静都没有。

大头担心校长早起发现他们，挥手准备离开。就在这时，一阵呼哧呼哧吱吱啦啦的声音传进了操场。不一会儿，几只毛茸茸的身影出现了，合力拖着一坨沉重的东西，黄色的一团的像黄山羊。

"啊，六皮，真的是六皮。"大头和小伙伴为自己发现了秘密悄声欢呼。

大皮似乎听见了大头的声音，低头四处望了一眼，六皮们一阵旋风一般消失在黎明中。

上课了，同学们还在议论黄山羊。老师点名："榔头。"没人应答，老师连问几个同学，都不知道榔头去向。老师找来大头："你弟弟咋没来上课？不请假，招呼都没一声。"

大头急了，跳起身就跑，边跑边喊："老师，我请假。"

原来，榔头早晨没有回家，而是跟着狼影追上了山。他想亲眼证实，给学校送礼的究竟是不是六皮，要是六皮，得亲口和它们说一声谢谢。他心里还有一个愿望，就是想跟六皮再好好玩它半天，好久看不见它们，心里很亏欠。

榔头追上了一道山崖，看见大皮六皮跳下去了，一时刹不住脚，跟着一滑，身体悬空了。这时，一张毛嘴咬住了榔头左脚后腿，跟着两只毛爪子扯着衣裳，把榔头一扬，甩上了山顶。榔头一睁眼，发现大皮坐在身边。

大头一路找一路喊："榔头，榔头，你在哪里——"

榔头听见哥哥的呼喊，有气无力地回答："哥，我在这里，大皮也在这里。"

回到家，斧头爹为榔头接骨上药，嘴里心疼地责怪："你这娃子，不要命了呀。"

榔头的命没问题，可左脚留下了残疾，虽然能走，免不了一跛一跛的。

第六章　墓碑

一、腿坟

榔头爹一瘸一拐向雷小走去，吧嗒吧嗒的脚步声，和木桥嘎吱嘎吱的声响连成一串，奏出一种乡味奇特的韵律。

我和河狼跟在后面，望着榔头爹的背影。小河上的木桥，河边上的岩石土堆，以及土包上的大树，这幅阳光下的风景照，促使我迫不及待地掏出了手机拍照。

"那个土堆是狼坟。"河狼拍拍我的肩膀，指着前面说。

"狼坟？狼……"我大脑蒙了一下，感到十分惊奇。

"其实，坟里就一条狼腿，皮皮的。"河狼轻描淡写的一句话，说得不经意，却使我感到特别意外。

椰头爹坐在小学门口的台阶上，我和河狼紧挨着坐在旁边，听他讲皮皮的故事。

"六皮它们运来的野物，就放在我们这脚下。"椰头爹跺跺脚，又摸摸左腿，望着远山，仿佛陷入了遥远的回忆。椰头爹继续讲故事。

　　打从解开了夜里送礼之谜，特别是我被大皮搭救之后，六皮们就被村里和学校当作佳话传扬，到后来，甚至传成了神话。

　　其实，救我的不仅大皮，还有皮皮，是它们母子齐心合力把我从悬岩下拽上来的。这一下，六皮们和皮皮都成了英雄，更受我们的喜爱和追捧。可是，从那以后，六皮们又消失了，不但见不到影子，连叫声都听不到。我们都想念六皮们，便把渴望和友好的心，全部牵挂在皮皮身上，拿它当好伙伴、好朋友，和它一起上下学，一块儿玩耍做游戏。它右后腿跛，我左脚瘸，我们就成了一对跛腿好搭档。每次玩抓羊子，我在尾，皮皮当头，一个学娃子拽着皮皮尾巴，其他人扯着前面人衣裳，一扯一路长。抓呀抓呀，跑过来转过去，一会儿一条线，一会儿一个圈，一会儿又跑成曲曲弯弯的蛇，就是抓不住。它右腿跛，我右腿好，每当抓累了快没劲的时候，我就扯着同学们从右后边反着围上去。这时，皮皮像是有意的，也从右边回过头，首尾相连，被我抓个正着。"抓住了！"我高兴地喊。有同学不依："榔头耍赖，不算，换头，重新来。"于是我当头，皮皮摆尾。没抓几个回合，我又把皮皮抓住了，我知道是皮皮偷偷让我的。但同学们被蒙在鼓里，兴高采烈地欢呼："抓住了，抓住了。"每当这个时候，体育老师就会拍着巴掌，笑呵呵地念着自己的诗："跛腿人狼，千古搭档；有情有义，在水一方；人间佳话，山高水长……"

皮皮给山里小学带来了无穷无尽的乐趣，大家亲密友爱，其乐融融。谁也没想到，一场暴雨山洪竟把皮皮和同学们永远地分开了。

那天本来是个大晴天，早晨一起来，红彤彤的太阳笑得像娃娃脸。上学路上，哥哥一直和皮皮蹦蹦跳跳地打闹。快到河边，太阳突然躲进去了，天一下子阴沉起来。哥哥说："皮皮莫跑远了啊，这天像有雨，一下雨河水就涨，到时候你可得帮我们。"皮皮仿佛听懂了，嗷嗷地叫，摇着尾巴，一直望到我和哥哥走进学校。

学校闷热得像蒸笼一样，树上知了没命地

鸣叫，"热呀——热呀——"快中午时分，天上闪开一道缝，突然飞过一片红云。接着，黑云像卷席子样滚滚而来，跟着一道闪电伴随着炸雷袭来。大雨像瓢泼盆泄般铺天盖地。只几个时辰的光景，沟沟渠渠水都满了，轰隆隆的山洪夹着泥石流从学校后山的沟槽里直冲教室而来。老师们把学生们都集中在操场里，等待雨停。

雨哗哗啦啦下了好久，直到下午四五点钟才停了下来。老师们组织护送学生过河，河里的水却漫过了石步子。上游的水还在疯涨，黄泥浆冲着残枝断棍，兜兜转转地流淌。

我哥把手指伸进嘴里，朝河对岸吹了一个响哨。皮皮听到了指令，把头高高地昂了起来，对着操场和后山"嗷——嗷——嗷——"发出三声响亮的警报。

皮皮在石步子上跳跃着，从河对岸蹚水冲过来，一马当先，弓身勇立岸边，尾巴高高地翘着，等待学生上来扶住它。老师们开始有序组织护送学生，这时，只听"嗷嗷"一串吼叫，六皮们从天而降。只见它们你趴着我我牵着你，在河中石步子上搭起了一座流动的"天桥"。

我哥哥大头喊："快，抓住狼尾巴，一个一个过。"谢校长叮嘱着："小心，抓紧尾巴，抱住腰，一步步踩踏实了哦……"

浪头一个接着一个，"狼桥"一次次被冲散，又一次次连接起来。六皮们和皮皮用身体和尾巴，紧紧地呵护着过桥的学生，硬是没让一人落水。

……来来往往，一趟又一趟，六皮们累得伸长舌头，喘着热气。终于轮到我过河了，皮皮身子一横，把六皮们拦在岸边，它要亲自护送我和哥哥过河。

看着急水狂浪，我有些害怕，哥哥催喊："快些！榔头，你抓紧尾巴，我抓住你衣裳，省得皮皮多跑一趟。"我依照哥哥说的，死命揪住皮皮不动，皮皮它跑一步我也跟着跳一步。跳着跳着，就不再紧张也不那么害怕了，我甚至觉得很轻松，像玩游戏一样，原来是哥哥在后面帮着我跳。

我们快要到河对岸了，上游突然冲下来一根木头，哥哥随着那个浪头瞬间被木头带入了水中。皮皮纵身一跃，扑过去要抢救我哥，这一下，我没有助力点了，身子扑通落下水里，嘴里不停地呼喊："皮皮，皮皮。"听到叫声，皮皮一跃又扑回石步子，伸嘴咬住我的裤腿，三跳两跳把我拖上了岸。

哥哥的大头在水中一上一下地摇摆，皮皮

急转回身，扑上去抢救。突然，从天而降的泥石流夹裹着一块巨大的石头，从我身边滚过，直向岸边砸去。我听见对岸的老师们大喊："快闪开，危险！"这时，皮皮发现了在水中挣扎的大头，迎着巨石扑了过去。

老师们听见皮皮声嘶力竭地嗷了两嗓子，很快被山洪盖住了声音。巨石在我上岸的河边，与皮皮相碰时抖了几抖，缓缓停住了。泥土从石头两边流进河水，大头和皮皮淹没在滔滔的洪流中。

大头哥哥被洪水冲走了，因为他不会水，而且是在泥石流中，皮皮虽然不怕水，但皮皮实在是太累了，哪还有力气哦。

"唉，造孽啊，死了一回又一回，不是山火就是山洪……"榔头爹沉浸在回忆中。

皮皮和学生们捉羊子的身影，在我眼前活灵活现，斧头爷呼叫大头和皮皮的声音，在我脑海反反复复回响。

"大头，皮皮。皮皮——大头！"

师生们在呼喊，村民们在搜寻，斧头爷把雷河湾找了个遍，连皮皮和大头的一根骨头都没发现。他又沿河从雷湾水库找到郑湾水库。痛失爱子大头和充满情感的皮皮，双重打击使他变得沉默无语，一个人呆呆地坐在泥石流堆上，望着河水发愣。

晚上，斧头爷睡在家里，听到河边六皮们有一声无一声地嚎叫，他睡不下去，出了家门口，远远地望见，六皮们围坐在泥土堆上……

几天后，大家在清理河岸时，闻到大石头堆有一股臭味，便清除泥土，撬开碎石头。人们发现里面埋着一只狼腿，原来是皮皮那只残疾的后腿，被齐斩斩地砸断了。

斧头爷如获至宝，脱下褂子，小心翼翼地把残腿包裹起来，紧紧地抱在怀里，像抚摸熟睡的婴儿一样，久久地抚摸着，默默无语地望着。后来，人们强行把他架起来，扶着他离开河岸，可走了没几步，他像脚下钉了钉子，纹丝不动了。他索性倔强地在皮皮常常站立的地方扎下根来，望着河水静静地流淌。

大家都来劝说："斧头，皮皮已经臭了，丢了吧。你这样子坐着，早晚也会垮的。晓得你伤心难过，大头走了，皮皮从小是你救的，你给了皮皮第二次生命。皮皮又把生命献给了榔头和大家，我们把它的善良人性和恩情留在心里就行了。你总不能为了大头和皮皮累出个好歹吧？还有榔头呢，你不能不管呀。那样的话，皮皮要真有灵性，也不会答应你的。"

斧头爷望着哗哗的河水，一动不动地呆坐了一天一夜。

"修坟，我要给皮皮修一座坟，把这只腿埋进去。"斧头爷斩钉截铁地说。

"给狼修坟？"斧头爷突然说要给皮皮修坟，把大伙儿吓得一哆嗦，"你老大也被水冲走了，修吗？"

"那不一样，皮皮有腿，他留下啥了。"

"这，这咋个说呀。"

斧头爷大吼一声："咋个说都说得过去。皮皮死是为了他们兄弟。"

然后，斧头爷抱着狼腿跑回家，拼拼凑凑先钉出一个木匣子，把断腿放在里面，扛着铁锹又回到了河边。

大伙儿拗不过他，就七手八脚地挖了一个坑，帮着斧头爷把狼腿匣子放进坑里，盖上土，修起一个下圆上尖的坟包。

斧头爷对着土坟上香、烧纸，嘴里念念有词，却不知说了些什么。

皮皮的坟紧挨着大石头，在斧头爷心里早盘算好了，要用这块大石头作为墓碑。

二、石雕

　　巨石，像一面精美的屏风，又像一尊天赐的宝座，巍峨而耀眼地屹立在人们前面，与雷湾小学隔河相望。

　　斧头爷站在狼坟前，久久地望着这块大石头，足足琢磨了两袋烟的工夫，才缓缓走过去，双手抚摸了一圈，然后提起斧头，用斧头背在上面轻轻地敲敲打打。巨石仿佛不是石头，而是像钢铁一样，发出清脆的"当当"声，与学校的钟声没有两样。

　　我和河狼从学校走出来，恍惚看见了斧头爷正迎面走来。走到近前，他伸手接过了榔头背在肩上的书包，盯着他眼前的跛腿看了又看，然后犹豫不决地说："娃子，有个事得和你叨叨。"

　　"咋啦，爹，有啥事您就直说呗。"

　　父子俩边走边说，不时指着狼坟，比比画画。

"榔头，是这样的，原来打算等你哥初中毕业了，就回来跟我学木匠，供你以后上县里读高中。现在，大头走了，你腿脚又留下了残疾，离县城几十里地，去来都不方便。爹晓得你心气高，想读完了初中读高中，再考大学，但现在的处境出了状况，家里的光景，你也清楚，我一个人，里里外外的……"

榔头恋恋不舍地望着学校："爹，你莫说了，我晓得。"

斧头爷摇摇头："娃，你不晓得。我是木匠，人们都叫我斧头，为啥给你起名榔头呢？那是因为我参加过修百裕沟水库，后来又修郑家湾水库。指挥部里有一批'大师'，他们叫工程师，其实就是石匠，可受待见了，领导都把他们当宝，称为功臣，他们戴红花，吃加餐灶。当时到处搞山线建设，我看准了，干石匠工艺重要，吃得开，报酬高，就下决心要让你也成为石匠工程师，就是考上大学，也学这个石匠。"

榔头看着爹可笑的认真样，嘿嘿嘿笑着纠正："那不是石匠工程师，是水利工程师。"

"管它啥师，我懂，不就是技艺吗？手艺、工艺、才艺。古话说得好，家有万贯，不如薄艺在身。"斧头爷挥挥手中的斧头。

"……等毕业吧，就半年了。"榔头心有不甘。

"娃，你搞错了。书，多读一年少读一年不打紧。学徒可太不一样，早一年学就早一年出师。师傅我都给你找好了，西门河头石匠铺的余石匠，全县数一数二的手艺，是修水库时的'总石头'。"斧头爷近似乞求地望着儿子。

榔头一步三回头，抹着泪，毅然跨过小河，在狼坟边心事重重地坐了下来。他狠下心再不回头，生怕一转身，就会身不由己地返回学校。

斧头爷不知何时坐在了儿子身边，用手悄悄擦拭着榔头脸上的泪水。过了好久好久，深情地说："莫要怪爹啊。叫你离开学校去学石匠，关键的一点，是为了这块石头，我想把它刻成皮皮的墓碑，可我是木匠，没有石匠工艺，拿不起金刚钻呀。还有就是，巴望你学门手艺，以艺补残，能早点娶房媳妇，为老雷家传宗接代，这狼坟也需要烧纸不是……"斧头爷说着，也抹起了眼泪。

榔头给爹点燃了一锅烟。望着烟锅一红一红的烟火，榔头取出书包里心爱的书本，连同书包一起放在狼坟上烧了，嘴里说："等着，等着吧。"

村里人看见榔头走得匆匆忙忙，跟谁都没打声招呼。斧头爷追到村口，连喊"榔头，榔头"，可榔头头也没回地走了。

几年以后，一个艳阳高照的上午，村里突然冒出来七八个外乡人，径直来到斧头爷家，忙着拆拆搭搭，修修补补，仅一天工夫，把老李家整得焕然一新。

第三天，榔头拉着板车回来了，板车上坐着一个大肚子姑娘，看得村里人啧啧羡慕，都说榔头走狗屎运，亏得老斧头积德。

榔头媳妇余俊，人长得俊，嘴也甜，一进家就把自己当成了主妇，大叔大婶、姐呀妹地招呼客人吃糖喝茶，可端盘子的手一伸一缩的，又大方又有些小气的样子。大家嘴里吃着，眼里发现了蹊跷，新媳妇左手臂有些僵硬，做事不够利索。再看看榔头左腿，大家心里都明白了，私下议论，不是一家人不进一家门，原来是个"半边户"。

原来余俊五六岁时得过小儿麻痹，病治好了，左小臂留下残疾，长大成人了，婚姻也不顺利。学徒跛脚榔头的出现，不但给余俊带来了希望，也给了她信心和勇气，余石匠心疼女儿，也喜欢榔头学艺的钻劲，就成全了他们，并把一身的手艺传给了女婿。

儿媳妇的到来，使斧头爷家又有了生气，日子开始红火起来。家务活儿有余俊操持，父子俩的精力便全用在石雕上。

巨石纹路缠身，仿佛饱经沧桑。其形状尤其奇特，凹凹凸凸的山峰洼地十分明显，纵横交错的沟壑，像河流像溪泉，形状特性各异却似是而非，像有规则可又找不出整体规律。斧头爷和榔头对着巨石，苦思冥想了三天，拿不出一个整体雕刻的方案，就像那句俗句说的，狗子咬刺猬，不知打哪儿下嘴。

父子俩一筹莫展，木匠石匠双双坐在狼坟上，坐成了僵人。

"爹，喝点水。"斧头没动。"榔头，叫爹喝水。"榔头也没动静。余俊发现这爷儿俩坐魔怔了，便不管三七二十一，敞开喉咙喊了一嗓子：

"石头是狼山呀，你们像狼样，坐这。"

"狼山？对，狼山。""就是狼山。石头，狼山。"父子俩跳起身，摸着石头又拍又打。

榔头把余俊拉到巨石前："媳妇，你一句点醒梦中人哪。可不就是狼山，看这，有山，有水，有树，有狼。还有地，有窝棚，有学校和学生……"

余俊摸摸石头，又摸摸自己肚子，说："这石头有灵性。我爹说石头是有灵性的，也有温度，有生命，你要雕刻它，就得延续它的生命，工者匠其善。"

斧头爷理解儿媳妇的意思，千万不能毁了这块灵石。于是，父子俩对着石头上的纹路和形状，反反复复地揣摩、比对，每产生一点灵感就用纸记下来，最后，画出一张整体草图来。他们按照草图的样子，用墨线笔和墨线绳画到石头上，再依据需要修改。

好一幅生态美景图。山峰错落，崎岖绵延，沟壑密布，流水潺潺，整体轮廓中充满俊秀和灵动。

榔头握着钻头，精雕细刻，生怕哪一榔头下去，会破坏了整体结构。他双眼死死盯着钻头，钻头下飞扬的灰渣和火花，不断地溅在他的脸上、眼圈上。他不得不时时用毛巾擦拭，擦得脸庞和眼睛通红。

斧头爷成了儿子的下手，只能做一些边角余料的杂活儿，可那颗心却一直悬着，眼睛随着钻头紧张得直眨，嘴里不断地叫着："过细，过细点。"

村里人下地、收工，都会绕道过来看一看，关心地猜测这父子俩，究竟会在这石头上秀出啥花来。

一天，坟地走来一位道人，对着父子俩后背："施主，能讨口水喝吗？"

斧头爷转身，见是一位白须飘飘的道长，说："水有，我给你倒。"

道长接过碗，并没急着喝水，而是盯着巨石和榔头的背影发愣。

"恕我眼拙，道长不是本地人吧？"斧头爷觉得道长可奇。

"哦，过路，路过。"道长并未明确回答。

斧头爷客气地接过空碗："哦，我说呢。"

白须道长谢过斧头爷，双手对着巨石，合在一起，嘴里说："无量天增。心诚林密，志坚石磬，无量天增啰。"

榔头回转身，望着道长，没好气地说："你晓得我们在做啥子吗？林呀石呀的天增，天增个啥。"

"不得无理。道长，莫要见怪，我儿这几日刻得上火，有些心烦气躁，多有得罪。"斧头爷喝住儿子，连忙向道长道歉。

"不是刻狼碑吗？"道长并没生气，口里念着"无量天增"，转身而去。

"他咋晓得是刻狼碑？"斧头和榔头愣了一下，又继续雕刻，突然听见背后传来道长的声音："山水流连，绵延连年，无量天增。"

只见道长已走出了狼坟，又回转身，朝巨石瞟了一眼，念道："积德行善，乐享狼饭……"

狼饭，啥狼饭？榔头和爹正要问个究竟，却见道长扬长而去，转眼消失得没了踪影，留下一串"无量天增"在耳边回旋。

父子俩百思不得其解，就把道长的事向谢校长说了。谢校长背着手，沿着狼坟和巨石一圈一圈徘徊，嘴里念叨着："延年、流连、乐享、享乐，狼碑、狼饭……"像着了迷。

过了一个星期，谢校长又来到这里，石碑已基本雕刻完成，正在收尾。石碑上，一座山峰连着一座山峰，从下而上绵延巍峨；一条条山涧河流从山峰间弯弯曲曲而下，汇入村湾；树木郁郁葱葱，鸟兽悠然其间，底座紧紧与河流相连；两岸坐落着零星民居和耕种的村民，雷湾小学掩映在树林中间，学生们扯着狼尾巴，在尽情玩耍。群山之巅站立着一头红狼，岩石上刻着两个醒目的大字——皮皮。

谢校长双手一拍巴掌，跳起脚喊："斧头爷，我明白了。旅游哇，神奇山水，神秘传说。道长是说我们子孙后代吃旅游饭，有福享啰。"

　　斧头爷听谢校长这么一说，激动了："喜事，那可是大喜呀。榔头，快回家拿鞭炮来，谢校长在这儿，请他点鞭炮，祝贺。"

　　榔头刚进院子，就听见屋里传来小孩哭声。他兴冲冲跑进大门，与接生的王婶撞了个满怀，满盆血水淋了一身。王婶说："恭喜呀，榔头，你媳妇生了，快放鞭炮，喊你爹回来。"

　　"……大喜，大喜呀！"榔头风风火火地跑回石雕，没等爹和谢校长说话，就把鞭炮点着了，叭叭叭在山间回响。

　　榔头上气不接下气地说："生了，喜呀。爹，你当爷爷了！"

　　谢校长激动地伸出手，紧紧地和斧头爷的手握在一起，摇了又摇："双喜临门，有福子孙，你该享天伦之乐了……"

　　"走，吃酒，吃酒！"斧头爷拉着谢校长，乐呵呵地回家去了。

三、蜂蛇守望

狼坟上长满了青草，草叶肥壮而鲜嫩，草根底部残留着枯败的黑灰，显然被放火烧过，重新生长起来的全是新嫩芽。泡泡专挑新芽，吃得津津有味，仿佛变成了食草动物。

高大的石碑坐落在狼坟尾部，似乎与人类的墓碑形成明显的对比。我知道，但凡人的坟墓，都是碑在前，墓在后。

我和河狼绕过狼坟，来到狼碑前。狼碑有我们两个人高，底部长宽跟一个篮球架底座差不多，与河岸林草融为一体，丝毫不显突兀。这使我想到了城区那里的小区和公园门口，大石雕随处可见，却怎么看都让人觉得不怎么协调，甚至碍眼。

石雕从轮廓上初看略显粗糙，但若仔细端详起来，线条清晰精细，山水人草木表现得栩栩如生。这么高大完整、浑然一体的造型，没有娴熟的技术和坚实的韧劲，是难以完成的。它使我打心眼儿里更加佩服斧头爷和榔头，他们为皮皮为雷村也为游人，创作出了这么宝贵的作品。

河狼与石雕同岁，而且诞生于同一天，不知是河狼催生了石雕呢，还是石雕成全了河狼。总之，都与皮皮相关，甚至连我，也和皮皮不无关系。

"坐坐吧，说说你咋叫这个名字，河狼，听起来怪怪的。"我把皮皮的来历都弄清楚了，却对"河狼"两个字一无所知，好几次要问，都被岔开了，心里老觉得有些愧对朋友。

"这事得从爹说起。"

生我那天，谢校长在我们家喝酒，我爹请他起名，他没推辞，一共琢磨了十几个，个个文绉绉的。我爹因为高兴，喝得有点多，手一挥，把谢校长的建议全否了。"不行，不好听也不好记，肯定不行。"我爷也高兴，喝得更多，舌头打着弯说："你说不行就不行。谢校长，我们不管了，他的儿子他起名字，天经地义。"爹问爷："下一辈啥排，河字排吧，河不能少，我是从河里浪里死里逃生的，对吧。浪再大，也没我命大。那么危险，我都挣扎过来了，小子跟我一样命大，不怕风浪，干脆叫雷河浪吧，这样好记，等他长大了，也忘不了这河里发生的故事。"

"好，河浪大气，土里带洋。"谢校长掏出钢笔，龙飞凤舞地写了下来：雷河浪。

第二天，爷酒醒了。妈说："老爷子，我咋觉得河浪不太好呢，河浪随波逐流，遇上暴雨，还有凶险，怕娃不好养。"爷想了好半天，说："榔头是想要有个说头，河浪说头是有，就是太随意，普通了些，不像个人名。叫河浪还不如河水，柔中带刚，河岩也不错，坚韧，有阳刚之气。"爹说："都行，老爷子您定，还可以把排行调一下，叫长河，长长久久。"

爹的话提醒了爷爷。"要说你这命还真是狼给的，山上救过你，河里又救了你，没有皮皮和大皮，你早就没了，也不会有今天这娃子。人要知道感恩，能不能在这上面多想想。"我妈又拿出谢校长写的名字，一个个琢磨，突然眼睛一亮，说："快看，谢校长写的不是河浪，是狼，雷河狼，浪字三点水，狼是狗爪旁。"

爹抢过纸条一看，真是一个狼字。"哎，我明明说的是浪，咋成狼了呢？连笔，一曲扭成狼了。"

爷爷吧嗒了一袋烟，口气深沉地说："天意

哦，就叫河狼吧。算小名，慢慢长大了再起大名，狼命硬，皮皮又精灵，通人性，我们一家子与狼有缘，这是福气。乡下人命贱，管孙子叫河狼，好养。"全家人都河狼河狼地叫，后来喊习惯了，顺口了，没改，就成了我的大名。

我本来要说，也不仅仅是习惯顺口，主要还是纪念皮皮的缘故，话到嘴边，又咽回去了。

"河狼，你知道吧，我第一次被你吸引住，就是你名字雷河狼三个字。"当然还有名字后面写的，偏远山区，残疾家庭，半边户……再后来，就是皮皮。

现在，皮皮就在我眼前的坟里，像人一样，有墓，有墓碑，被人们怀念。虽然坟里只是一条残腿，但皮皮高大可亲的形象，却永远屹立在石碑上。

好大一棵板栗树，高耸在狼坟一侧，巨大的浓荫把狼坟遮住了大半。太阳从头顶照下来，板栗笑开了嘴，露出红红的牙齿。我有些奇怪，那嘴里的"牙齿"只有一颗，独牙。正琢磨着纳闷，一阵风吹过，"牙齿"哗哗地落下，砸在我头上，又蹦到草林里去了。

河狼撅着屁股，从草林里捡了一大捧，放进我怀里，说："吃吧，这种板栗稀少。你们城里没有，我们这大山里也仅此一棵。"

要说这边板栗树不少，品种不是大红袍，就是野红枣，单单狼坟地里长出这棵独栗树，谁都不晓得是打哪儿来的。独栗跟大红袍和野红枣可不一样，它不生虫，放到家里搁多长时间都不坏，随时吃都甜丝丝的。掉到地上，也不会烂，开春了扒开草丛，栗子照样油红闪亮，又嫩又鲜。

"这么好的品种，为什么不多种些？"我预测，要是把它打造成一种标志产业，既赚钱又扬名，还有传奇色彩，就叫它雷河独栗，或者河狼独栗。我伸出手指："以后这品牌要真打响了，你可不能独吞，我也算冠名功臣。"

河狼遗憾地摇头："莫提了，要能那样子还说啥。村里种过，试了好几年，都没成功。"

又一阵风刮来，风力比刚才强劲，持续时间更长。独栗像是知道我们的心事，顺着风一个劲儿往我们身边飞，飞得眼花缭乱。独栗砸得泡泡一蹦一跳，像追麻雀似的，对着栗树和下落的栗子汪汪汪叫。

风终于停了，可耳边嗡嗡嗡的声音持续不断，我抬头仰天一望，发现在板栗树枝间，一窝窝蜂乱嗡嗡地飞来飞去。河狼一把把我按倒在地："莫动，气鼓牛，追死牛。"泡泡以为我受到了侵犯，对着河狼凶吼。我学着河狼一把把泡泡抱进怀里，摸着头说："泡泡别乱动，危险，气鼓牛追你来了。"

"乔桥，你看，那树上吊着一个大葫芦，那是葫芦包，是气鼓牛的窝，一个葫芦包里能住上千只气鼓牛。"

气鼓牛厉害，惹怒了它们，会一群群出动，追着刺你，毒刺钻进肉里，发肿，胀脓，弄不好就丢命。它们在这树上，保护着板栗，也守护着狼坟，不许人糟蹋。河狼笑着说："那一年，二赖子跑坟头上拉屎，被巡逻的气鼓牛发现了，猛追二赖子。吓得二赖子提起裤子没命往河里跑，一头扎进水里，屁股露在外面，还是被咬了一口。屁股肿得像水盆，要不是我爹，他就完蛋了。"

我顺着河狼手指的方向，看见在板栗树顶部的枝叶间，悬挂着比水桶还粗还长的一个蜂窝，在太阳下呈现灰白色的光。一只只气鼓牛像葫芦籽一样趴在上面，黑里透红，不时有几只流动的黑蜂飞出飞进，发出嗡嗡扇动翅膀的声响。我猜想那些板栗是无人敢打的，只得待到它熟透后自然落下，这独栗分明是留给河狼独家享用的。

我听说那蜂窝也是可以卖钱的，而且还不便宜。蜂窝里的蜂蛹是高营养美食，卖得更贵。难怪河狼家寄给我们的干蜂蛹，我爹像宝贝一样珍贵，有贵客来了才舍得炒上一盘下酒。难道这蜂窝挂这里，就没人惦记？别人是不想呢还是不敢。

"谁敢哪，不要命了。"河狼说别说捣窝，连树都拢不了边。

那一年高考，许家的三儿子许峰，就一分之差，名落孙山。第二年他复读，又没考上。许峰回到家，不吃不喝，生了几天闷气，把书拿出来准备烧了。

正巧，一位算命先生打门前路过，拿眼把许峰端详了又端详，望着河边的板栗树看了几分钟，然后说："孩子，书不能烧，复读，还有希望。"

他爸许宏春从里屋奔过来，问："先生，复读真行？你有把握？"

"测凶算吉的人不打诳语。后生几次落榜，皆因玄机耽搁，破玄机，路宽阔。"

"什么玄机，先生你说咋破？我们破。"

算命先生掐指算了算，问："村上是不是有人当兵，考上了军校？"

许宏春连连点头："是的是的，神算。"

"看见那棵树没有，独此一棵，树上结的是独栗。这树挡在前面，大不吉。村上已有人捷足先登，贵子求学之路艰难，除非砍了那树……"

于是，许宏春带着斧头锯子，安排两人坟外放哨，然后自己和儿子趁夜偷偷锯树。没想到，他们刚锯几下，栗树上传出闷雷一样的轰轰声，一群群蜂直扑而下，逮着许家父子追咬。许宏春"妈呀"一声喊："快跑，快！"

谁知葫芦包一样的蜂群穷追不舍，一直围着许家屋子，嗡嗡了半夜。早上，斧头爷在坟地发现了许家的斧头锯子，知道大事不好。到许家一看，全家躺在地上，动弹不得，斧头爷急忙赶往巡回医疗队驻地求来一辆救护车，把许家人全部拖到县里抢救。

许家锯树的教训给村里提了个醒：在皮皮坟地不能放肆，更莫想打板栗的主意，有气鼓牛守着那里，日夜瞭望，谁动谁遭殃。

但河狼一家例外，无论啥时候去坟地，做什么事，气鼓牛飞出来转转就飞走了，好像它们知道斧头一家人都是皮皮的朋友。连我和泡泡都被另眼相看，我们尽情享受着独栗的美味，还装满了衣兜。

说起来令人不可思议，除了树上的气鼓牛在空中把守以外，地下还隐藏着另一种神秘动物，也默默地为坟地站岗放哨。

秋天树叶黄了，落了，是摘蜂窝蜂蛹最好的季节。这时节，视野开阔，一眼能望见蜂窝挂在那根枝丫上，摘取方便顺利。一天，几个外地来的捕蜂商贩打坟地经过，看见板栗树上挂着的大蜂窝，停了下来。他们从包里取出专用工具，迅速全副武装，然后拿起几根银白色的铝棍，拼拼接接，变戏法似的接得很长很长，撑起来比树还高。竿头上连着一把月牙似的钢刀，那是预备割窝把用的。

几个捕蜂人收拾妥当，像防化兵一样装备整齐地朝板栗树走去。他们是专业收蜂窝人，做这事不仅轻车熟路，而且志在必得。他们边走边互相提醒："这大家伙，重，千万利索点，别损伤，保准卖好价钱。"

他们还没到栗树跟前，只听飕飕吹过来一阵冷气。

他们身前身后观察，没有什么发现，连草都一动没动，继续朝前又走了两步，突然看见树根部盘着一条大蛇，全身黄灿灿的，夹杂着一圈圈黑点，眼睛鼓鼓地瞪着，"啊！蛇！"走在最前面的那个人倒吸一口冷气，大叫一声退了回来。其他三个人几乎同时一声惊叫，僵住了，不敢往前，更不能后退，后退是跑不过蛇的。

大黄蛇听到叫声，呼一下立了起来，身子比人还高，红红的信子伸出来，搅得空气嗞嗞响。

几个收蜂人从没遇到过这种事情，更没见过这么大蛇，竟然敢跟人较劲。他们身边没有捕蛇工具，虽然穿戴着防护服，还是吓得要命，生怕被蛇缠住，那样可就完了。

大黄蛇靠在树干上，黄黑斑扭扭曲曲地蠕动，却没有要主动进攻的架势，也没有离开的样子。就这样人蛇相对，僵持着。蛇很自信，不怕僵持，人却败下阵来，嘀咕着："看样子，黄蛇并没想伤害我们，可能是我们闯进了它的地方，影响到了它。还有一种可能，那就是这蛇是专门守护坟地的，防止坟地里的东西受到侵犯。我们只要什么都不做，也不和它较量，悄悄地一步步后退，退出这个鬼地方。我们不跑，它不追，就算万事大吉了，只是，可惜了那么大的一个葫芦包，里面该有多少蜂蛹呀。"

"可惜啥？是命贵还是钱贵。听老大的，谁都不允许乱来，一起退。"

捕蜂人来到村里，谈起大黄蛇还惊魂未定。他们掏出大把票子，请河狼妈做了一桌子好菜，喝酒压惊。

我爷陪客人喝了两碗酒，嘿嘿嘿笑着说："那是你们不地道，错在先。只要你们不妨碍到它，它对你们会很友善的。"

"不见得吧，我们是去收蜂，它那凶样，你是没见到，吓死人。"捕蜂人愤愤不平。

"谁说我没见到过，它一直在那儿，对我从没凶过。"斧头爷咂咂嘴，神秘地笑笑。

村里人听斧头爷和榔头都说过坟地有条大黄蛇，可没有人真见过，捕蜂人这么一说，大家全信了。那蜂和蛇都是神物，选中那里，是为保护坟地的。

这事后来越传越神，坟地竟成了旅游景点，人们都慕名而来打卡，一睹神秘蜂蛇。

"河狼，你见过大黄蛇吗？"

河狼冲我点点头："看见过一次，离好远，爷爷不让靠近，怕打扰它睡觉。"

我又问："你想考大学吗？要考就考武汉的华科大，那校园里也有一条大黄蛇。"河狼惊得瞪圆了双眼和嘴巴，"啊？大学里有蛇，藏哪儿呀？到处是人。"

"不知道藏在哪儿，不是树上就是地下，大碗口粗呢！"我听新闻上报道过武汉科技大学出现大黄蟒蛇的事，我和爸爸还专门去过黄蛇出没的地方，但没有看到。

河狼更加惊奇："真有那么大呀，我们大黄蛇比碗口还粗，圆滚滚的。"

我看着河狼的样子，感到好笑，就问："哎，大黄蛇咋成你们的了？是你们买的，还是你们养的呀。它叫什么，睡在哪儿，清楚吗？"

"对呀，它睡哪儿？听大人说不是在皮皮坟里，就是在大石头下面，在那儿都有洞吧，要不它咋进出哇？乔桥，我俩找找洞口。"

我和河狼找了半天，没有蛇洞。蛇该蜕皮吧，但四周都没有皮的痕迹，连兔子窝、老鼠洞都没发现。

"就在这大石头下面，我敢打赌，你信不信？"河狼肯定地说。

原来，前年夏天，雷村来了一位自称张总的人，财大气粗，找到村长，要出五万块钱把大石头买走。村长说："不是不卖给你，那大块石头，怕你弄不走。"张总他说有机械，大型机械，坦克都能运。

张总跟着村长，还未靠近石头，先是听见树顶上气鼓牛嗡嗡盘旋，接着看见巨石顶上卧着一条巨蛇，尾巴搅来缠去，抽得山石啪啪直响，嘴里箭一样的长信子，似乎随时要向他们射来。

村长说："这块石头动弹不得，那大蛇就在石头下蹲着。再说，板栗树上还有气鼓牛守着，它们是哼哈二将，掌握这生杀大权。"

张总摇摇头，无奈地和村长离开坟地。他走了几步，心有不甘，一扭头，大黄蛇没了影子。

河狼说："想得美，蛇答应，我爷和爹可不答应。等他们把石桥修起来了，那大石头就是桥头风景。"

这时，不知为何，我想起了毛主席在武汉写下的诗句："风樯动，龟蛇静，起宏图。一桥飞架南北，天堑变通途……"

"河狼，你爷修桥是不是缺钱？这好办，叫我爸爸投资……"

第七章　童话

一、哈皮泡泡

"孩子，泡泡没救了，埋了吧。"

婶婶阿姨们望着我和泡泡：多好的一条狗哇，可惜，白白把命送山里了。它就是城里命，金贵，不该来这贱地方。

"不，泡泡没死。"我紧紧抱着泡泡，把木雕皮皮放进它怀里，不相信它舍得皮皮，不相信它就这么无缘无故地死了，我要送它回城里抢救……

也许小雷湾的人早把泡泡忘了。这次回村，我有意不提泡泡，连河狼都没告诉，就是想给他们一个惊喜。

秋高气爽，正是丰收的季节，路上一个人影都没有。泡泡念旧心切，领着哈皮撒着欢子狂跑，到了村口见没人迎接，汪汪汪一阵大叫，好像是报信，也像是在炫耀：我泡泡又回来了。哈皮紧跟着声援，"嗷——嗷——"拖着狼一样的长音。

"狼啊!"二赖子从草丛中跳起身,跌跌撞撞地往村里跑,吓得一跟头连着一个趔趄地摔倒。

泡泡和哈皮冲到前面,拦住路,盯着二赖子叫个没完没了。二赖子抬起头,看见是泡泡摇着尾巴,身后站着皮皮瞪着狼眼,他彻底吓蒙了。

我听见二赖子近似祈求地讨饶:"皮皮,我是冤枉过你,可从没想过要你命哪。泡泡,你讨人喜欢,我压根就没动过你的念头。冤有头,债有主,放了我吧,放过我,我给你们烧纸。"

"二赖子,快起来,我是乔桥。"我拉了好几把,才把二赖子从地上拉起来。

二赖子惊魂未定地望着我,"乔桥,你真是乔桥?快看哪,皮皮和泡泡还魂了!你是城里人,不怕鬼,快治住它们。"

"你睁大眼睛好好看看,那不是皮皮,是哈皮,泡泡也没死,救活了。"

"我不信,你莫诓我。"二赖子从我手里挣脱了,拔腿就跑,一路喊叫着:"泡泡还魂了!还有皮皮,皮皮瞪着眼收魂,泡泡尾巴直摇连摇地,招魂来了!"

哈皮狼似的追着二赖子吼叫,吓得村里做饭的妇女们拉起小孩砰砰哐哐地关门。

泡泡嗅着熟悉的味道,跑进斧头爷家,迎着河狼吠了几声，便在他两腿之间，来来去去地钻进钻出，然后跳着撑着，咬着河狼裤腿硬扯他出门。泡泡带河狼来到大街上叫着跳着，摇尾作揖。河狼跟在泡泡和哈皮身边，喊："都出来吧，不怕，是乔桥带着泡泡和哈皮回来了。"

"这是咋活过来的呀，真像神话说的，死了还能复生？"村民走出家门，认出这真是泡泡。"那哈皮是咋回事？我们可都看见皮皮被水冲走了，断腿还埋在坟里，怎的就成哈皮了呢？四肢都好好的，也不见它缺条腿呀。"

"哟，泡泡回来，戴上金项链子了。这粗的链子，得值好些钱吧。"村里人发现，泡泡的脖子上除了铃铛，还多了一道金环。他们不知道，那是防蜱虫的护身环，如果当初有这个东西，泡泡就不会受尽磨难，险些送命。

"阳雀闹，雨笋笑。"那是个多雨的季节，也是植物和寄生虫疯狂生长的日子。斧头爷看看雨下小了，戴上斗笠，提着蛇皮袋子，喊道："走，爷带你们上山搬笋子，乐呵乐呵去。雨水哈哈笑，竹笋乐得跳。"

好大一片竹林，从狼坟侧边往山上蔓延。竹叶子上挂着亮晶晶的水珠子，像皮皮的眼珠一样盯着我。张牙舞爪的竹枝条，犹如无数双手要把我往竹林外推。稍一靠近，竹枝条和水珠子就像打水枪似的，吧哒哒直往身上扫射。不一会儿，泡泡浓密的白毛全贴在了身上，我的裤腿也湿透了。我发现泡泡四肢在身上不停地抓，接着拼命刨地，刨得瘫枝烂叶飞溅，同时传出一声脆响。

"啊，竹笋。"河狼指着我脚边，"乔桥，快搬。"

"吧！"脆生生的一响，笋子断了。我紧紧抓着鲜嫩的竹笋，只见笋尖上长着三四片青叶，全身毛糙糙的，断口处白得像新鲜猪肉。"哇，嘿，竹笋，我搬的竹笋，哈哈……""吧吱——吧吱——吧吱吧吱"那竹笋生长的声响清脆明亮，悦耳动听，这是原生态的礼物，大自然的馈赠。不，是皮皮的馈赠，是从它坟地边长出来的。我们陶醉在搬竹笋的行动中，幸福极了，说着往竹林深处走去。

斧头爷胳膊一伸，说："这林边呀，阳光雨水好，竹根发芽早，再往深里去，那还得过些时才长好，等几场雨下透了，笋子就都冒尖头了，我们再来。"

河狼不情愿地说："爷爷，乔桥刚有点乐趣，多扫兴呀。"

"不急这一时半会儿，等几场雨后满林子竹笋，够你们乐的。"斧头爷看着没有尽兴的我，停了一下又说："要说呀，雨后乐不算乐，雨中乐，那才叫真乐，能乐得你眼花缭乱，心慌耳鸣。"

"爷爷，有那神奇？哄人吧。"

"稀奇吧，就是那么神奇。想想哈，你坐在竹林里，哗啦啦下着大雨，大小雨珠从竹叶上淌落下来，你闭上眼睛，听见竹笋在泥土中笑，在风雨中笑，在你身边笑，'吱——吱——吱——'地笑。前后左右，远远近近都在笑，你睁开眼一看，雨笋'吱'一下，破土而出，又'吱'一下，蹿出好高，你不眼馋能不乐？"

过了几日，天阴沉沉的，眼看又有雨要下，斧头爷拿出两件蓑衣和两顶斗笠，又把我们带上了山。

我抱着泡泡和河狼坐在竹林深处，任凭风吹雨淋，竖着耳朵瞪着眼睛，不说一句话，连出气都不敢大声，静静地等着想着，果然听见了春笋发芽的笑声："吱，吱，吱"一阵一阵的，接着便噌噌噌跳着，疯长，我感到屁股下面有笋尖在拱，周围地面不断冒出一根根小尖头。远近看看，刚刚走过的地方，全都是新长出来的芽尖。我终于明白了什么叫春笋笑，那笑声令人忘我地跟着欢笑。

一条青叶蛇被笑声惊动了，曲曲扭扭地从竹竿上飞下来，钻进草丛，哗啦啦跑了。突然一只小白兔从草地上跳了出来，追着青叶蛇跑，泡泡警觉地吼叫，我喊："泡泡，小白兔，追！"

"不是兔子，是小狗獾。"河狼说，"莫追，狗獾子是地处溜，会钻洞。"

狗獾子果然钻进了地洞。我赶过去拉开泡泡，趴着向小洞里张望。谁知木雕皮皮从背上装竹笋的背篓里滚出来，落进了洞内，泡泡立刻跟着钻了进去。我和河狼慌了手脚，齐声喊："泡泡，回来，泡泡快出来！"

洞内传出泡泡的铃铛声和叫声，渐渐地响声离我们越来越远，然后一点也听不见了。我焦急地喊着泡泡，"危险，你会没命的！"我多么想听到它的回音啊，可是，只听到大山的回响——泡泡，你会没命的——没命的。

"烧柴火，烟熏，把狗獾熏出来，泡泡就出来了。"

火，燃起来了，红红的火花跳跃。河狼扯了一抱青枝叶，架在红火上。明火被湿柴盖着，浓烟刺鼻。

我们脱下衣服，使劲把浓烟从洞口往里扇。火星、烟雾，夹杂着动物的尿臊味，在洞口弥漫，呛得人鼻涕眼泪流。河狼恶狠狠地喊："狗獾子，看你出不出来，叫你钻。"我在心里念：泡泡，你可要没事哦，好好地给我出来。

"汪——"泡泡的叫声仿佛从遥远的地下传来。

我和河狼睁大双眼，伸开双臂，在洞口迎接泡泡的归来。

"汪——汪——"过了一会儿，泡泡的叫声又传进了我们的耳朵，嘶哑无力，似乎是经过了一场恶斗，刚回过气而发出喘息。

泡泡的叫声微弱，却反复在山中回响，很明显不是来自地洞，而是从远处山洼里传上山来的。我们循着叫声，直往山洼奔跑。

雪白的泡泡滚成了一团黑泥，红红的舌头哈着热气，它的双爪紧紧抓着同样黑乎乎的木雕皮皮。那双熟悉的眼睛，充满深情地望着我。我扑过去，抱起它，摸着它和皮皮黏乎乎的泥巴身子，它的身下是一个小土洞。

原来，我们的烟熏法把土獾子从这里熏出来了，泡泡也跟着来到了这里。谁会想到，有这么长的一个地下洞呢，狡兔三窟啊，一点不假。

泡泡的变化是从撒尿开始的。回家后，它撒尿时总是站不住身子，右腿不像先前抬得利索，后来右腿就抬不起来了，一抬就倒。我们以为它在山上受到惊吓，一时改变了习惯，慢慢会好起来的。可从此，它见了飞鸟很少激动，不追不叫，吃食喝水也越来越少，拉出的尿黑黄黑黄，逐渐变成了血色。后来更严重了，泡泡不吃不喝不叫不拉，几天下来，由歪歪倒倒发展到奄奄一息，眼不眨，腿不动，就那样躺在地上。

"医生，快救救我们泡泡。"我和河狼好不容易找到了一家宠物诊所，把泡泡的情况向一个叫郑医生的白大褂说了个大概。

郑医生拿着听诊器听了听，又在泡泡身上摸了几摸，遗憾地说："对不起，我们救不了它。你们非想救，得找大医院，动物专科医院。"

"啊，动物的专科医院，哪儿有？"我们吃惊这里也有专门的动物医院，又有了一线希望。

郑医生说："哪呀，武汉才有，华中农业大学动物医院，医术最高，但收费也不低，就看你们承不承受得起。"

我拔腿就跑，听见郑医生追着喊："等等，我先给它导尿，不导尿会憋死的，到不了武汉。"

动物医院就掩藏在一大片树林里。爸妈陪我拿着专家号走进急诊室。室内坐满了领着宠物看病的主人们，几名白衣天使端着医疗盆，叫着号，进进出出很忙碌。好不容易轮到泡泡了，我们却被告知专家杨博士在五楼授课。

我站在教室门外，一遍又一遍向杨博士招手。杨教授礼貌地先后出来了两次，听课的学生被我执着的行为吸引着，分散了注意力。杨教授终于忍不住了，很生气的样子走出来，厚厚的眼镜片后面瞪着怒而威严的目光。我已经无所顾忌了："教授，您讲课为了救死扶伤，挽救生命，可现在，楼下，就有生命等着您救，求求您了。"

"告诉你几遍了，下课就去，你这样是胡搅蛮缠。"杨教授回头往教室看了一眼。教室里一双双惊奇的目光，全都注视着有些可怜的我，那目光充满了怜悯，令我难忘。

检查复杂烦琐。爸爸妈妈都眼巴巴地等着，妈妈扭着头，不敢正眼看泡泡。

抽血，切片，化验。

蜱虫，是蜱虫吞噬了泡泡血液中的红细胞。显微镜下，乱嚷嚷的蜱虫肆无忌惮地蠕动，疯狂吸食，红细胞在减少，白细胞在上升。

红红绿绿的驱虫针，共十二根管子，全注射进泡泡身体，却没有任何反应。我抱着它，医生护士几次三番观察检查。再抽血，切片，检查，打针……蜱虫在继续疯狂，红细胞还在下降。

"病危。"杨教授直接下了病危通知书，我看见妈妈眼泪流出来了。

抢救。换血，配型。大剂量换血，需要合型的大狗血源。一连五只狼狗，匹配失败，不符，不符。

医院在数据库紧急寻找。爸爸开着车，准备回小区找几只狼犬来试配。

爸爸的车刚出医院大门，横闯出一条金毛犬大狼狗，险些撞上。狼狗主人挡住车头："咋开车的，撞了我家哈皮，跟你没完。"没等我爸爸答话，他又接着喊："哈皮，哈皮，别乱跑。"

爸爸忙赔着不是："对不起，救命，急，请你原谅。"正说着，突然大脑一顿，愣住了：哈皮，皮皮，蜱虫，都有一个皮的发音，是天意还是巧合？爸爸跳下车，近似哀求地恳求道："兄弟，我们家泡泡被蜱虫咬了，下了病危通知，配不对血型。求你帮帮忙，看看你家哈皮能不能试试，我出双份价钱补偿。"

哈皮是泡泡的救星，一验成型。泡泡输上了哈皮的血，驱虫针剂也缓缓发生效力。泡泡眼皮开始动了，身上温度也由凉变热了。

泡泡住进了重症监护室观察，救护病房里有护士专人看护，每两小时用手机通报一次情况。我们一家人睡在车上，时刻打探信息，生怕发生意外。

第二天上午，化验结果出来，泡泡身体红细胞在上升，但未脱离危险，仍处于危重症阶段。

泡泡在医院住了十天，才脱离危险期，红细胞白细胞逐渐正常，进入健康恢复期。教授说可以回家慢慢疗养了，每周末打一次加强针，每半个月来复查一次，防止复发，以便及时治疗。

特护护士们都喜欢上了泡泡，每次他们遛泡泡都要多遛它一会儿。临出院时，他们还和泡泡合影纪念。

遵照医嘱，我们为泡泡戴上了防护项圈。护士们握着泡泡的爪子说："有了这个，就不怕蜱虫了，你可以自由自在地去玩耍了。"

"红细胞几乎没有了还能重生，泡泡是个奇迹。"杨博士站在门口，想了想，又说："它很坚强，可你这小子的坚持劲，才是关键的关键哦。"

我们坐在车上，刚出医院大门，发现哈皮坐在大门一侧，望着泡泡汪汪叫。我把泡泡抱下车，哈皮泡泡像好久未见一样亲热。我们把哈皮和它的主人接到我们家，玩了一天。

从此，哈皮和泡泡成了好朋友，连皮皮雕像也被它们当作共同的玩具。

二、火龙舞狼桥

狼桥竣工了，一切准备就绪，第二天剪彩。

傍晚时分，天空飞过几片红云，红旗似的招展。我听见斧头爷在唱："祥云起，红旗飘，雷打鼓点肥水浇……"

丰收了，秋雨把枯枝干叶沤成肥料，增强了地力，迎接来年播种。

红云飘过，空中突然响起炸雷声，一个连着一个，轰隆隆不断，秋雨跟着飘了下来。不一会儿，小雨变成了暴雨。院子里，沟渠边，雨水流淌，哗哗奔向小河。天刚刚黑定，上游的山洪就下来了，狼嚎似的咆哮。我问斧头爷："这大水，影响明天剪彩吗？"

"不碍事，这是好雨水，冲喜。"斧头爷说，"这雷也是喜雷，我们小雷湾就是雷炸出来的，为啥我们地肥？

是喜雨浇的。"

"这是新桥，没经过雷炸水冲呀。"我有些担心，爸爸心里也很着急，手里捏着电筒，随时准备出去。

斧头爷看出来了，说："放宽心坐着吧，基脚牢得很，不影响剪彩。"说着提起马灯，向雨中走去，"我去看看水涨到哪儿了，你们安心睡觉。"

早上，天晴了，混浊的河水清澈见底了，红灿灿的太阳照得河水波光粼粼。桥栏上，几十只形态各异的狼雕，也仿佛在水中央跳跃。一群学生跑过来，把书包甩在桥边，跳进河水，抓狼，摸鱼，捞太阳，笑声一片。

妇女们提筐挎篮，早早地在桥边占领了有利地盘，瓜瓜果果，存年山货，甚至还有珍藏的秘密宝贝，能摆的都摆出来了。我看得眼花缭乱，没想到山里人家居然有这么多奇货，更不承想，他们的商品意识一点也不比城里人差。我在想，也许某一天，这里会冒出一个山乡交易所，谁说不可能呢？

紧挨学校操场的桥头边，聚集着游客和村民。山锣鼓敲得咚咚响，诗经民歌队唱了一首又一首。大家期待着那块红绸布赶紧扯下来，一睹新桥的芳名，就像十月怀胎，孩子落了地，起名字可不是小事。

我爸爸、乡长、斧头爷和村长，四个人共同剪彩揭幕。红布落下来的那一瞬间，所有人都惊呆了目光，牌匾上没有字，只有一头狼雕刻在上面。

威风锣鼓，鞭炮声和嘈杂的喧嚣声，环绕在小河两岸。

许久，操场上终于安静下来。女乡长朝大家扬扬手，深深鞠了一躬，开始讲话：

"尊贵的远方客人、爱心企业家、尊敬的父老乡亲……"

女乡长首先感慨了一番，然后动情地说："我是被吸引来的，是被童话般的故事吸引来的。村长知道，我刚调乡上不久，可大名鼎鼎的小雷湾如雷贯耳。我在乡上负责乡村振兴和文化旅游方面的工作，与小雷湾算是有了不解之缘，今天的阵势也让我长了见识。话没有讲的，我们一起谈谈心，聊聊天是可以的吧。

"我听说，有一个村民救了一头狼……引来了一群狼……架起了一座桥……形成了一条旅游线，旅游红线。这是一条人与自然和谐共生的生命线哪……同志们，你们别笑，这不是笑话，是故事，是童话故事。我们要共同努力，把这个美丽的故事讲下去，讲好，讲得人尽皆知。它是传说吗？不是，是真实的童话，口口相传，老少皆宜……

"村上让我定桥名，我看还是留给大家定吧。这桥上摆满了商品，也许它会成为繁荣的廊桥。桥栏上雕刻了这么多活灵活现的小狼，很容易使人联想到卢沟晓月。这桥上还刻有诗经民歌，古老的诗经和狼联系在一起，又是一种特殊的意义。听说还有两个叫乔桥和河狼的同学，为修这桥也立下了汗马功劳。这是大家的智慧，共同的杰作。当然，首功还属斧头爷，我们掌声有请斧头爷讲讲。"

斧头爷吭哧吭哧，平时一套套的，关键时刻噎住了，憋了半天才说出话来："要我说，这山里啥都是有生命的，狼的命也是命，狼也有七情六欲，也晓得感恩。我们和它们生活在同一座山里，不待见也得待见，习惯成自然，就像泡泡……"

泡泡听见叫它，汪汪叫着站立起来，两爪连拱地上前作揖。哈皮跟着泡泡，跑向前排站着。这时，只听村长大喊："文书，文书，快快快，照相，多好的广告形象。"

斧头爷说："小雷湾的火龙能从唐朝一直延续到今天，除了年节喜庆热闹，也是为庆丰年、旺丰收，还有驱邪消灾祈福的意思。更重要的一点是为纪念，唐中宗李显的小儿子献身于房县，重情重义的房陵人挑选十四岁以下的孩子组成青龙队与黄龙共舞。所以火龙舞得好，关键在舞龙人热心虔诚。"

揭牌剪彩拉开了序幕，村民和游客们等待着夜舞火龙的高潮。火龙舞重在一个"火"字上。除了炭火、灯火、花子焰火，最给力的是舞龙人要舞得热火，舞得越热火，花子火球才抛得更起劲，火龙才"火"得起来。

我和河狼早商定好了，共舞青龙。爸爸听说了火龙图腾延续古今的故事，也强烈要求加入黄龙队伍。

"咚咚咚……哐哐哐……咚咚哐哐咚咚哐……"天刚刚见黑，舞火龙的锣鼓声便欢天喜地地响了起来。一声声，一阵阵，在山间河岸盘旋回荡。

斧头爷在学校场院四角各摆一盆红彤彤的炭火。一排由十六人组成的黄龙队，背靠教室面朝院中，队员们红头巾、红裤衩、红草鞋，映照着黑红黑红的脸膛。有黑有白的胡须和头发，在夜风中微微抖动，显得人更加精神抖擞，雄风豪放。随着"嘿嘿嘿""咚咚咚"三声跺脚呐喊后，黄龙队便宛如根雕一般，威严屹立着，一动不动，炯炯有神的目光传递给青龙队一种无形的力量。

我们青龙队与黄龙队对面而立，在三声跺脚呐喊之后，把青龙举过头顶，高声呼喊："青龙威武，青龙威武，青龙威武……"

"青龙威武……"聚集在操场里的男女老少一齐欢呼着。

人们发现今年的青龙与往年不同，青龙皮上全是大大小小的狼。我和河狼听着村民议论，"青龙咋成青狼了？"心里偷着乐——那是我们的杰作。

村长伸开双臂，高声喊道："燃放爆竹，舞火龙啰——"

一时间，鞭炮炭火噼噼啪啪炸响，锣鼓喧天，人声鼎沸。

河狼和我挥舞着龙头，在呐喊声中绕场一周。人们纷纷退向场院四周，为青龙让出场地。

斧头爷喊道："戏龙珠啰——"

观火龙的人们呼喊着："快，戏龙珠，戏龙珠呀！"

舞火龙由戏龙珠开场。珠人尹竹器，捧着碗口大的龙珠，面对龙头抛了过来。河狼和我舞着龙头接过龙珠，一昂头"吐"了出去。珠人接过珠球，又向龙头抛来，我们猛伸龙头一口"吞"进龙珠，在嘴里打了几个旋转，然后自顾自地玩了起来。一下吞进，一下吐出，一会儿甩向天空，一会儿又吐向地面……戏龙珠看的是舞龙头的功夫，我舞技稚嫩，全凭河狼掌控着。

戏完龙珠，接着表演的是腾、转、翻、滚等七个连贯动作。这时的锣鼓声更加激昂紧凑，人们激动得欢声雀跃，纷纷参与其中。

斧头爷又喊："花子，献花子啰——"

人们纷纷跟着呼喊："快，花子，甩花子！"

河狼和小伙伴跟着边舞边喊："花子，花子。耍花子哟，来呀，花子……"

"花子花，发呀发……火龙火，丰收果……舞哇舞，生龙虎……"我和青龙队迎着亮闪闪的花子，舞着喊着。

逗花子的人们一边向青龙抛甩花子，一边跟着大喊大叫："花子发，丰收旺……生龙活虎无病疮，健健康康好风光……"

这时，场院里有人喊："斧头爷，不早了，几时出龙哦，我们等着接龙呢！"

斧头爷拍着巴掌，火龙舞停了下来，"大家听我说，今夜只闹个开场，来的远客贵客累了一天，该歇了。今年国庆连着中秋，从明晚起，我们连舞三夜，欢迎每家每户接龙，庆团圆！"

第二晚，天将黑未黑之时，斧头爷家就传出了吹牤筒的巨大声响，这是出龙的信号。那声音空旷、威武、雄壮。"嘟……嘟嘟嘟……嘟……"三阵牤筒响过，三遍"咚咚咚……哐哐哐……"锣鼓紧紧跟上。接着，燃鞭炸炮，宣告火龙出行，招呼远近村民迎龙戏舞，庆国庆中秋。

斧头爷摸摸黄龙和青龙，拍了拍我和河狼的头，用香点燃了龙灯里的蜡烛。从龙眼到龙尾，顿时闪闪发光，烛光把火龙映照得晶莹剔透。龙骨龙皮上的狼和龙麟，在夜风的吹拂下，影影绰绰似乎在动。夜幕里的火龙，显得无比壮观秀美，威武可爱。

河狼和我举着龙头，领着绿绫缠身的队伍在前，黄龙紧随其后，顶着夜风，雄赳赳、气昂昂地走出斧头爷家院子。在我们前面，两人抬着流星铁笼子，里面燃着熊熊的炭火。炭火边燃边炸，火星四射。那两人环绕着流星铁笼子飞舞流星，一路前进，嘴里不时叫着："流星河，火龙火，哪家旺财哪有我……"

从斧头爷家出来，黄龙青龙没有向居住密集的人家舞去，而是径直奔向半山腰的两个孤寡老人家。火龙沿山间小路盘旋而上，弯弯曲曲如水中蛟龙，又好似林间银河。锣鼓一路吹吹打打，惊得林间的鸟儿扑棱棱、喳喳喳狂飞。

王麻子和李奶奶早已等在屋门路口，见到村长和大伙儿，激动得颤抖着喉咙："这高的山呐，黑更半夜，难为你们了哦……"

斧头爷拉着他俩的手说："火龙在我家院子起舞，今晚你们这是第一场呀。好生看看，这还有远道贵客为你们舞呢。他们可是武汉来的哟。"

尽管山上只有两位观众，可火龙照样舞得喜庆热闹，表演项目一样不少：腾飞、滚翻、转圈、游动，大家把十八般武艺全使了出来。

离开李奶奶和王麻子家，半山腰的几户人家早已等在三岔路口，远远看见龙队，迫不及待地点燃鞭炮，热情地接龙上门。人虽然不多，呼喊声却响彻山坳："龙来了，接龙啰！火龙年年舞，今年头夜舞我家。先山上，后山下，哟呵呵，哎呀呀……"

从山上下来，已半夜了。虽然大家有些精疲力竭，但兴致都还很高。路过狼坟时，斧头爷止住脚步，喊道："停停停。我们在这里舞一场吧，也让皮皮跟着乐呵乐呵……"

锣鼓鞭炮在狼坟响起，有人急忙在狼坟前点燃了纸香。青龙队面对小学，围着狼坟激情奔放地狂舞。几个妇女激动地唱了起来：

"关关雎鸠（哎）好小孩呀，在河之洲（哇）舞过来（哟），君子好逑（哎）火龙舞（哇），小河小学小桥（来）连天石（哦），天荒（呀）地老（哟）传万代……"

我们在歌声中告别石碑，向新落成的小桥舞去。十四个小孩子立于桥头，喊道："嘿嘿，嘿。青龙来了，上桥啰——"

桥上，操场上，等待观看桥舞的人群呐喊着："青龙，桥上舞。桥舞，青龙……"

人们立刻点燃花子，跑过来将花子焰火向桥上青龙抛甩。青龙在激昂的锣鼓声和狂热的呐喊声中腾飞，翻滚，跳跃……河狼年龄不大，却是多年的舞龙高手，舞得龙头威风八面，上下左右舞得惹人喜爱。一串串红闪闪花子，围着龙头不散，其他孩子见花子都送给了我们，争着抢着喊："花子，花子，送给我，送给我……"人们这才发现光顾了龙头热乎，却冷落了龙身龙尾。一条龙有十二节呀，哪一节稀松下米，整条青龙就活不起来了。斗龙的人们便从龙头到龙尾，来来回回地奔跑着，一样的花子一样的激情荡漾，越闹越狂舞。

斧头爷冲我伸出大拇指："乔桥，耍得不赖，放开舞！"

河狼自豪地对我说："你跟着我，不怕，莫躲闪。花子越对你甩，说明你舞得越好，大家越喜爱你。"

我彻底放开了，也学着小伙伴们大呼狂叫："花子花子，送给我。花子花子送给我……我爱你哦，花子——狼——小桥！"

一坨坨的花子似雨点噼噼啪啪炸响着，亮闪闪的，映红了青龙，映红了河水和小桥。我高兴极了，完全忘记了舞龙技巧，只知道机械地挥舞、跳跃、呐喊、狂欢，彻底地把自己变成了一个山乡舞龙人，忘我地与乡亲们打成了一片。

在这山风习习的秋夜里，我感到热血沸腾，内衣早汗湿了，头发冒着热气，嘴里喘着粗气。想不到舞龙会有这么大的乐趣，更没想到，火龙竟有如此大的吸引力，能给乡民们带来如此的幸福和快乐。我看见，十几个小伙伴完全像一个人一样，龙头、龙身、龙尾，在手中灵活自如，巧妙融合。我听见，大家可劲儿地在呐喊："火龙狂哦，丰收旺。花子红啊，大健康。小河水哦，桥下淌……"

青龙队的伙伴们舞着喊着："耍花子啊，花子——花子抛得花又花，青龙送福到万家。花子青龙桥上乐，桥下河水笑哈哈……"

在乡亲们簇拥下，我们舞过小桥，拥向小学操场。这时，人群中突然传出一声呐喊："狼——狼呀！"

"狼？在哪儿？"人们纷纷追问。

"桥，狼。桥上。狼——桥——"

人们顺着他手指的方向，回头一看，惊呆了……是的，六条狼从桥尾顺桥头而来，跟着青龙，眼里放射出幽幽的绿光，一路学着青龙，舞着跳着。

"狼——桥——""狼桥，狼桥哇——"人们呼喊着。

我看见斧头爷从身边树上摘下一片树叶，放进嘴里，吹了三声叶笛。狼群听见叶笛声，停止了跑动，定格在小桥上。

"六皮，是六皮！"

我慌忙掏出手机，拍下了六皮的肖像……